わたしたちは銀のフォークと薬を手にして

島本理生

幻冬舎文庫

わたしたちは銀のフォークと薬を手にして

目次

わたしたちは銀のフォークと薬を手にして

蟹と、苺と金色の月

『今夜うちで蟹鍋《かになべ》でもしませんか？』

と椎名《しいな》さんから誘われた。まだ肌寒い春の朝に、メールで。

ベッドの中でしばし迷った。久々に出勤のない土曜日。椎名さんか、と口の中で呟《つぶや》く。家に行ったことはまだない。

椎名さんは、半年前に仕事で知り合ったWEB制作会社の人だ。年上で、美味《おい》しいものが好きで、時々一緒に食事に行く。ちょっと優柔不断そうだけど、優しい。

初対面の相手に仕事のことを訊《き》かれると
「いやいや、デザインじゃないから。僕はWEBの中の人です」

と答えることも、もう分かっているくらいには親しくしている。

『蟹鍋なんて、どうしたんですか？』

とひとまず返してみたら、すぐに返事が来た。

『友達の実家が石川県の水産業者で、ＨＰのメンテナンスをしてあげたら、そのお礼に。明日までに食べないと傷むから。』

差し迫った誘いにちょっとだけ尻込みしつつも、思い切ってお受けした。無理にでも気分を変えないと、ずっと部屋に籠《こも》ってしまいそうで。

温和な上司に、謝っても取り返しはつかないから、と言い捨てられたときには自分の存在ごと否定された気がした。たしかに重大なミスだった。

でも無理な仕事が重なって、チェックしてくれた先輩も見逃して……だけど紛《まぎ》れもなく私の責任だった。今も思い出すと自己嫌悪で死にたくなる。

出かける前にシャワーを浴びて体重計に乗ったら、三キロも落ちていた。

リビングに入ると、ベランダの窓からは夜空がよく見えた。細い月が浮かんでいる。

椎名さんはカジュアルなチェック柄のシャツを着て、台所で蟹を解体していた。

「もうじきできるから」

と告げられて、緊張する間もなく湯気の立つ鍋が運ばれてきた。昆布と白菜と豆腐だけのシンプルで美しい鍋だった。そして大皿いっぱいの蟹の足。

「すごい贅沢《ぜいたく》」

と漏らすと、椎名さんがにこっとしてスパークリング日本酒を出した。ほのかに甘いお米の味に、少しずつ食欲が呼び覚まされた。

蟹のダシがどっと染みた白菜は、もうびっくりするほど美味しかった。

「すごい。美味しすぎます」

女子高生のように、すごい、とくり返した。蟹の身は口の中でほろほろほぐれた。

蟹の殻《から》が山積みになると、二人でしばし飲んだ。

椎名さんが時折こちらを見るので、このままセックスしちゃうのかな、と考える。断るのも悪い気がした。だけど今は正直そこまでの元気が出ない。

「そういえば買って来てもらった白ワインも、良かったら開けてもいいかな?」

「あ、ぜひ。微発泡の白なんてあるんですね。お店で教えてもらって初めて知りました」

彼は、このワインに合いそうなものがあるんだよ、とピンク色の小箱を取り出した。

「これ、蟹と一緒に届いたお菓子なんだけど」

ころんと丸い苺《いちご》のお菓子だった。金色の混ざった、薄紅色の粉がまぶしてある。

グラスに口をつけ、お菓子を齧《かじ》ってびっくりした。

「苺が乾燥してるから、しゅわっと溶けて、ちょうどいいでしょう」

シャンパンほど炭酸のきつくない、フレッシュな白ワインに苺の甘さが溶ける。さくさく軽くて、まわりはホワイトチョコなのに全然しつこくない。

思わず笑顔になったら、椎名さんも目で笑った。そろそろかも、と私は肩に力を入れた。

だけど椎名さんはゆったりと向かいのソファーに腰を下ろした。

「元気がないときに口説いたりしないから。のんびりしていきなさい」

気付かれてたんだ、と恥ずかしくなりながらも、いっぺんに力が抜けてソファーにもたれた。

最後に甘いものを食べて、ようやく一区切りついた気がした。食事も落ち込みも。

ワイングラスを揺らしながら、夜空へと視線を向ける。月までもが、柔らかく金色に光っている。

桜、生しらす、春の海

金曜日の夜に、椎名さんから電話がかかってきた。

「日曜日、江の島あたりにドライブ行きませんか？　桜見て、生しらす丼食べたいと思って」

「生しらす？」

と首を傾《かし》げると、禁漁の時期が終わったから、という答えが返ってきて、ちょっと笑った。美味しいもの好きの椎名さんの四季は食べ物でめぐっている。

「行きたいけど、休日出勤なんです」

足の爪に塗ったばかりの水色のネイルを見ながら、答えると
「また？」

驚いたように返されて、軽く口ごもる。仕事ばかりで可愛げがないと思われただろうか、と心配になっていたら
「就労時間、法に触れてないか？」

と冗談めかして訊かれたので、安心した。

「その代わり、月曜日は休みだから」

「おお、そうか。じゃあ、僕も休み取ろうかな。有休もたっぷりあるし」

「え？」

「迷惑じゃなければ、平日の江の島。そのほうが空《す》いてるだろうし」

じゃあぜひ、と答えた。電話を切って、スマートフォンをベッドの上にぽんと置く。ネイルの表面を撫でるとわずかに歪《ゆが》んだので、慌てて指を離す。

椎名さんとは、半年前に仕事で知り合った。有名企業なんかのWEBの
「僕はデザインじゃなく、中身をつくる人です」

というのが初対面の人に説明するときの口癖。

美味しいものが好きで、年上でバツイチだけど、身軽な雰囲気だからか親しみやすい。適度に砕《くだ》けていて、身なりも清潔で。

「なんで独り身なんだろ」

私は壁の時計を見ながら呟いた。

好きだ、とも、付き合おう、とも言われていないけど、月に二回くらいはデートする。先月、初めて家に遊びに行ったけど、そういう関係ではない。気に入られているくらいか。

色んな経験も収入もある椎名さんにとっては、まわりにいる、ちょっといい感じの女友達

の一人なのだろう。

大人なんだからそういうこともある、と自分に言い聞かせながらも、いつも優しく話を聞いてくれる笑顔を思い出すと、お腹の底がかすかに熱くなって、その分だけ切なくなった。

生しらすって美味しいのかなあ、と思いながら、ベッドに横たわり、つま先に触れないように毛布を掛けた。

月曜日の朝に、慌ただしく駅へ向かわないのはひさしぶりだった。

カーキ色のマキシワンピースに、明るいチェックのシャツを羽織って、ヒールのない靴を履《は》き、ゆうゆうとひとけの少ない大通りを歩く。

見事なほどの青空が広がっていて、柔らかい風が気持ち良かった。

交差点の近くに、真っ白なセダンが停まっていた。つやつやとして、手入れの良さが椎名さんらしいな、と思いながら近付いた。助手席のドアが開く。

「どうぞ」

と笑った彼はストライプのシャツにカーキ色のチノパンを穿《は》いていた。おそろいみたい、と思いながら乗り込む。

「会うのって、うちで蟹鍋食って以来だっけ？」

「そう、ですね。先月だったかな」

「あのときはゆっくり話せたけど、その後、急にばたばた納期が迫って忙しくしてたからな。メールの返事とかも適当でごめん」

気にしてない、と首を横に振る。本当は椎名さんが忙しくしていると、ちょっとほっとするのだ。自分ばかりが仕事で都合をつけられないと申し訳ないから。

「今日なんか僕ら、おそろいみたいな格好してる」

彼がシャツの袖を捲《めく》った。太い血管が浮いているのを見て、どきっとした。椎名さんの運転はけっこう速度を出すわりには、安定していて快適だ。

海沿いの国道を走っていると、緑色の島が見えてきた。平日だというのににぎわっていて、ハイキングみたいにリュックを背負った年配の人たちが目立つ。

駐車場に停めて、道へ出ると、もくもくと煙が立ちのぼり、焼きイカやサザエのつぼ焼きの香ばしい匂いが、潮風に乗って流れてきた。

参道を上がると、お土産物屋や食べ物屋には人が溢《あふ》れていた。軒下《のきした》で汚れた猫がごろごろしている。好き放題に撫でられても、でろーんと余裕でお腹を出している。

「知世《ちせ》ちゃんみたいだな」

と椎名さんが言った。

「この前、うちに蟹鍋をしに来たとき。あんなふうに溶けて、ソファーに寝っ転がってたから」

「そんなことないですよ。もっと緊張してました」

椎名さんは意外そうに

「えっ、そんなに？」

と訊き返した。私は首を傾げて、ごまかした。

しらす丼のお店には長蛇《ちょうだ》の列ができていた。外のベンチに腰掛けて順番を待ちながら、椎名さんと喋《しゃべ》っていると

「あ、ちょっと待って」

と彼がスマートフォンを取り出した。知らん顔をして空を仰《あお》いでいると、メールを終えてから

「友達の彼女から、パソコン壊れたっていう相談メールだった」

とすぐに教えてくれた。私は、頼られてますね、と返した。

「まったくなあ、なんでも俺に訊けばいいと思ってるんだから」

「あ」

「ん？」

俺、て言うんだ。心の中だけで呟く。そういうのを指摘するほどの関係なのか分からなくて
「順番もうすぐですね」

と私は濁《にご》した。

店内に案内されると、窓の外に海の見える席だった。海鳥が空に浮かぶように飛んでいる。

「ビール飲んでいいよ」

「あ、でも」

「飲んで、いいよ」

と二回言われて、じゃあ、と頷《うなず》く。運ばれてきた鎌倉ビールは苦すぎなくて、でもちゃんとコクがあって、贅沢な気持ちになった。

甘く煮た螺貝《つぶがい》をこりこり食べながら喋っていると、透き通ったしらすがたっぷり盛られたどんぶりとお味噌汁が運ばれてきた。

「すごい。薬味の生姜《しょうが》と紫蘇《しそ》以外は、ぜんぶしらす」

「やっぱり新鮮だなあ。いただきます」

さっと醬油《しょうゆ》をかけて一口運ぶと、想像以上に甘くてびっくりした。変な後味も全然なくて、口の中で嚙《か》んで弾《はじ》けては、溶ける。

「生しらすってこんなに美味しいんですね。ぷちぷちしてて、醤油とよく合う」

「うーん、やっぱり今の時期はいいなあ。解禁になったばかりで育ちすぎてないから、繊細《せんさい》に甘くて変な魚臭さがまったくなくて」

「本当に、とろとろですね」

と呟くと
「君は美味しそうに食うな」

と感心したように誉《ほ》められた。照れ笑いしてたら、スマートフォンにグループメールが届いた。

差し出し主は、茉奈《まな》だった。もう十年近く仲の良い女友達だ。

『私が結婚できない理由を一言ずつ。』

という一文に飲みかけのビールを噴《ふ》きそうになった。困惑しているうちに、おそらく家でのんびりしていたであろう女友達から続々と返信が届いた。

『合コンで、親が生きてるうちに孝行しなきゃとか言い出すところが重い。』

『恋愛経験少ないわりに、理想が高いから。』

『メールも会話も一方的だからじゃない？　昨晩見た夢の話とか三回に分けて送ってくるな！　私があんたの彼氏でも関心ないわ。』

だんだん辛辣《しんらつ》になっていくので、参加せずに傍観《ぼうかん》していたら
『もう、みんなと友達やめる……。ていうか知世はデートか!?』

と矛先が突然こちらに向けられたので、私は見なかったふりをしてバッグにしまった。

椎名さんがどんぶりから顔を上げて
「大丈夫？　仕事？」

と訊いた。私は笑って首を振る。

「女友達から。自分が結婚できない理由を教えてほしいって」

と説明してから、今の台詞《せりふ》は自虐的《じぎゃくてき》に響かなかっただろうか、と不安になる。

昔に比べたら男尊女卑《だんそんじょひ》は減ったけど、それでも今の会社で女性の上司は圧倒的に少ない。

今のお給料のままでずっといくなら、マンションのローンを三十五年間で組むのもぎりぎり。

二十代で恋人がいたときには、子供なんてむしろできたら困ると思っていた。

だけど仕事が忙しいという理由で彼と自然消滅してしまって、女友達と三十歳の誕生日を迎えたとき、子供を産むのが難しくなる年齢へと確実に近付いていることに気付いて愕然《がくぜん》とした。

「返信したの？」

と訊かれて、私はすぐに

「ううん。今は椎名さんと一緒だから。あとで、大丈夫」

と答えた。

椎名さんは笑って、そうか、と受け流しただけだった。それだけのことなのに、かすかに、淋しくなった。

トイレから戻って来ると、なにかの薬をショルダーバッグにしまう椎名さんが見えた。風邪かな、と少し気にかかった。

店を出て、神社で参拝してから歩いていくと、鬱蒼《うっそう》とした茂みの間から、ぱっと水平線が見えた。

海沿いに広がった街が一望できた。山のほうではらはらと桜が散っている。

頭の中ががらっぽになっていく。

「すごい、ひさしぶりに休んだ気がする」

私たちは石段に腰掛けた。

「疲れてたのは、仕事だけのせい？」

「えっと、どういう意味？」

「会ったときに、ちょっと悩んでる顔してたから。俺みたいなおっさんにできるのは、話を聞くくらいだけど」

　椎名さんがそんな言い方をしたので、短く切った髪にちらちらと混ざる白いものを初めて意識した。

「仕事……だけどちょっと違うかも」

と独り言のように呟く。付き合ってもいないのに甘えたり頼ったりすることを、私は怖がっている。

「椎名さんは、自分のことが嫌になったりしますか？」

「この年齢になって一度も嫌になったことがなかったら、かなりの陽気なアホだよ」

「陽気なアホ、でいいですね」

と私は笑った。

「この前ね、うちの部署の女性の先輩と接待に行ったんです。そうしたら接待相手の男性がうちの先輩のことを前から気に入ってたらしくて」

「うん」

「三時間、ずうーっと先輩のことだけ口説き続けてたんです。その接待の席で」

「ええ？　君がいるのに」

　うん、と私は情けない笑みを浮かべて頷いた。

「その先輩、美人だけどさっぱりしてて、女性から見ても素敵だし。だから、嫉妬《しっと》とかじゃないんですけど、なんていうか、自分がいる意味が分からなくなっちゃって」

「そりゃあ、失礼な話だなあ。若い男か」

「ううん。私よりも一回りくらい上。それこそ椎名さんのほうが年齢近いんじゃないかな」

椎名さんは腕組みすると、するっとほどいて
「君はいい子だな。怒って帰ってもいいくらいの話だよ」

としみじみ言った。ゆっくりと呼吸が落ち着いていく。島の上のほうにいても、潮風は吹いてくる。

この人にもっとそばにいてほしい。

そんなことを思って積極的に恋愛を始めるには、三十歳という年齢はいささか現実を中途半端に知りすぎている。

それでも椎名さんの言葉が温かかったから、少しだけ許された気持ちになった。なに、かは分からないけれど、なにか、から。

砂浜を並んで歩いていると、波打ち際を水鳥が走っていた。つん、つん、と華奢《きゃしゃ》な足跡が点々とついていく。

からかうように追っていると、椎名さんが私の右手を摑《つか》んだ。前のめりになりかけて、流

木が横たわっていることに気付いた。

「大丈夫か？」

ふいに男っぽく訊かれ、感情がいっぺんに揺さぶられた。うん、と小さく頷く。離れていく手を見ながら、思った。この人が好き。

空を仰ぐと、一瞬、視界が白くなった。

太陽が眩《まぶ》しすぎたから人を殺したっていう小説があったな、と思いながら
「椎名さんにとって、私ってなんですか？」

思い切って尋ねた。殺すよりはハードルが低い質問だと言い聞かせて。

「すごくいい子だし、可愛いと思ってるよ」

と椎名さんは答えた。穏やかに、それでいて慎重《しんちょう》に。

「犬とか猫みたいな感じなの？」

かすかに苛立《いらだ》って、投げ出すように訊いた。彼は少しだけ困ったような目をした。

「僕は、知世ちゃんよりずっと年上だから」

「だから？」

「そんなふうに訊かれると思ってなかった」

「じゃあ、なんで誘うの？」

と私は気が遠くなりながら、訊いた。ああ、いやだなあ、と思いながら。始まる手前で終わる予感。ゆっくりと太陽が傾くように淡い幸福感が消えていく。

彼が黙ったので、ぐっとお腹に力を込めてふられる準備をしていた。

「僕は」

「うん」

「僕は知世ちゃんが好きだよ。最初会ったときから、可愛いと思ってた。若いのにしっかりしてるし、いつもがんばっていて」

「え」

まさかのハッピーエンドに、私は言葉を詰まらせた。

「なによりも一緒に飯食ってると美味《うま》いよ。すごく和《なご》むし、本当にいい子だと思う」

私は嬉しさでほっとして泣きそうになりながら、椎名さんの顔を見つめた。帰ったら、さっきのグループメールで恋人ができたことを茉奈たちに報告しなきゃ、と思いながら。

椎名さんはあらたまったように口を開いた。

「でも付き合えないんだ」

つかの間、網膜《もうまく》が太陽で焼かれてしまったように感じた。

意味が分からずに呆然《ぼうぜん》と彼を見つめ返した。

知世ちゃん、と椎名さんは呼びかけた。すごく強い目をして。

「僕はエイズです」

今度こそなにを言っていいか、とっさに一つも選べなかった。

「三十代前半の頃に、感染する出来事があって。今は、正直、詳しく話せる気分じゃないけど。インフルエンザでもないのに高熱が二週間ぐらい続いて、首や脇の下が異常に腫《は》れてるのを見て、担当の医者がもしかしてって。それで……検査して分かった。それからはずっと薬で抑えてる」

「でも、椎名さん、結婚してたのは」

「うん。だから、前の奥さんはぜんぶ知った上で結婚してくれたんだ。あなたの人柄が好きだって言ってくれてたけど……僕の人柄だって、べつに完璧《かんぺき》じゃないから。その上、不安な思いをさせることがだんだんきつくなって」

「椎名さん」

と私は呼びかけた。だけど次に続く言葉が、すぐには浮かばないことに気付く。

「申し訳ない。突然、重い告白をして」

私は椎名さんを見上げた。椎名さん、と途方に暮れて呼びかける。身軽で、気が利いていて、ちょっと優柔不断だけど優しくて。さっき私を助けてくれた、大きな手。

「ゆっくり会いながら、考えよう？」

と思い切って言ったら、椎名さんはびっくりしたように黙り込んだ。

「そんなの、すぐに付き合うとか考えないでも、一緒にご飯食べたり、出かけたりして、それで様子を見ればいいと思う。エイズのこととか、私、正直まだ全然よく知らないし」

彼は軽く目を伏せると、短く息を吸ってから
「ありがとう」

と真顔で言った。

その瞬間、急に緊張がこみ上げてきた。受け止め合ったことに対する動揺が生まれる。

砂浜を一緒に歩いた。好きだと言われたこと。エイズだと言われたこと。まだだいぶ混乱していた。潮風はだんだん冷たくなっていく。

「しらす、美味しかったね」

と沈んでいく日を見ながら、呟いてみた。

「うん。僕も、美味かった」

と椎名さんは答えた。まるで私を気遣うように。その優しさが、さっきとはまるで違う切なさを伴って胸を締め付けた。

「本当に、また誘ってくれますか？」

そう尋ねたら、彼は遠慮《えんりょ》がちに、うん、と頷いた。

「今度は、どこへ行こうか」

どこへ行きましょうか。

どこへ行くか。

三十歳の私は、その日、夕方の春の海辺で、どこへ行けるか分からない恋を始めた。

雨の映画館、焼き鳥、手をつなぐ

大人になるって、この人を好きになるとは思わなかったっていう恋愛が始まることかもしれない。

なぜなら、椎名さんがまさにそういう相手だったからだ。

初めて会ったのは、うちの会社に取引先からエンジニアの彼がピンチヒッターとして呼ばれた日だった。

会議室のドアを開けると、椎名さんは窓際の席で頬杖をついてノートパソコンと睨《にら》めっこしていた。電話で話したときの感じが若かったので、想像よりも年上だな、と意外に思った。

彼は顔を上げて、すっと笑った。

冷房は効いていたけれど、窓辺に近付くと暑かった。

椎名さんは壁際の椅子を指さして
「そっちのほうが涼しいから。どうぞ座って」

と柔らかく言った。女性慣れしてそう、と思いながらも、お礼を言って腰掛ける。

椎名さんが紺色のシャツの袖をくしゃっと捲り上げると、あまり日焼けしていない腕が覗《のぞ》いた。長年使い込んだ肌や指の節の感じに、あ、大人の人だ、とあらためて感じた。
打ち合わせが終わる頃に、椎名さんがふと私のスマートフォンを見て
「そのストラップいいな。シャンパングラス？」
と訊いたので、私は、ああ、とストラップを見せた。小さなシャンパングラスの形をしたチャームを揺らして
「いきつけのダイニングバーが先週ちょうど十周年で、記念にもらったんです」
と答えた。
「へえ、お酒好きなの？」
「はい。椎名さんは」
「僕はそんなに量は飲めないけど、飲むのも食うのも好きだよ。一番好きなお酒ってなに？」
「えっと、ワインかな。でも日本酒も大丈夫です」
と答えると、彼が楽しそうに
「いいね。もし白ワイン好きなら、美味しい店知ってるよ」
と言ったので、てっきり誘われたのだと思った。やっぱり軽い人かも、と警戒しかけたけれど
「白ワインなのに料理は和食なんだよ。それが美味くて。秋には、秋刀魚《さんま》の炊き込みご飯が

土鍋で出てきたり」

と熱弁されたので
「土鍋で秋刀魚の炊き込みご飯。美味しそうですね」

と思わず頷いた。

「あと定番だけど、いぶりがっことクリームチーズとか」

「あ、いいですね。齧りたい。齧りたい」

椎名さんは、齧りたいって反応は新しいなあ、と声をあげて笑った。

「お店のカードあげるから、友達でも誘って行ったらいいよ。土鍋ご飯は二名からしか予約できないから」

と教えられて、下心がないことを悟った。それで、かえってご一緒してみたくなった。嬉しそうに話すときの笑顔が明るかったから。

そう、本当に明るかったのだ。まるで降りかかるつらい出来事なんて、すいすいかわして生きてきたみたいに。


出勤途中に雨で濡れたストッキングがまだ乾いてないのに、社内は冷房が入っているものだから寒かった。六月の冷房はほとんど殺人的だと思う。

ロッカーから出した黄色い膝掛けを抱えて、デスクに向かう。

膝掛けを出したのは抗議《こうぎ》のつもりだったけど、部署内で一番暑がりの部長は快適そうに鼻歌なんて口ずさんでいる。

時折、席を立つついでに白いブラインドを捲ると、落ちていく水滴だけが見えた。ビルの中まで雨音は聞こえてこない。

混雑した食堂でカレーライスを食べ終えてトレーを片付けたら、椎名さんからメールが届いた。

『定時に上がれるようなら、映画でも観に行きませんか？』

一瞬悩んでから、大丈夫、と決める。今は忙しい時期じゃないから、高速で仕事を終わらせればなんとかなるだろう。

春に生しらすを食べに行った後も、何度かデートした。私からもどこかへ行こうと誘って、一度、休日に東京湾のクルーズ船に乗った。暖かい春風が気持ち良かった。髪が潮風でぱさぱさになった。

椎名さんの笑顔を見て、この人には海が似合うな、と思った。そして礼儀正しく駅まで送ってもらった。

六時までに仕事を終わらせて帰り支度をすると、まわりがびっくりしていた。

「え、もしかしてお通夜《つや》ですか？」

隣の席の風祭《かざまつり》君が真顔で訊いた。見開いた目に、内心どきっとしつつも
「違う、違う。なんで」

と言いかけて、たまたま自分が黒いレースの半袖ブラウスを着ていたことに気付いた。それにコンサバなタイトスカート。たしかに冠婚葬祭《かんこんそうさい》っぽいかもと思い、ロッカーに置きっぱなしのアクセサリーでもつけようかと考えていたら
「じゃあ、あ、合コンですか！」

と言われたので
「私の定時上がりのイメージって、合コンよりも先にお通夜なの？」

訊き返すと、近くの席の同僚が笑った。

おつかれさまでした、と挨拶してジャケットを羽織り、足早に退出する。腕時計を見ると、映画の上映時間までは三十分を切っていた。

映画館のロビーに到着すると、仕事帰りの大人たちでにぎわっていた。柔らかな絨毯《じゅうたん》の感触をヒール越しに受ける。チケットカウンターの電光掲示板には上映時間が映し出されていた。ポップコーンの匂いを嗅《か》ぐのもひさしぶりだ。

椎名さんは隅のカフェスペースでビールを飲んでいた。

おまたせ、と駆けつけると、はい、とすかさず差し出されたチケットはネットで予約したやつだった。

「椎名さんって」

とチケットを見ながら、思わず呟く。

「ん？」

「本当に、大人ですね」

「なんだそりゃ。飲む？」

半分ほど残ったコップを差し出されて、頷く。すきっ腹がかっと熱くなり、いい感じで頬が火照《ほて》った。

柔らかな目元を見て、ふと、お酒ってどれくらい飲んでも大丈夫なのだろうか、と心配になる。

途端《とたん》に頑丈そうな肩も顎《あご》も、本当は脆《もろ》いガラスみたいに思えてくる。椎名さんの病気について、私はまだきちんと考えることができていない。

映画は先週始まったばかりの恋愛物だった。

邦画にしては珍しく二十歳そこそこのヒロインの脱ぎっぷりが良くて、濃密な肉体関係をくり返しながら、義父のほうがいつしか彼女に溺《おぼ》れて転落していく。

映像は綺麗《きれい》だったけど、荒い息遣いやセックスシーンが生々しくて気が抜けなかった。

もしかしたらこの人とは一生付き合わないかもしれないのに、と思って椎名さんを見ると、ポップコーンのカップを差し出された。

子供扱いして、と小さく反発しながらもつまんだ。

すっかり頬を火照らせて映画館を出ると、新宿の街には大雨が降っていた。

「ひゃあ」

思わず間の抜けた声を出してしまった。椎名さんがくくと笑う。

「知世ちゃんのそういうリアクション好きなんだよなあ。和む」

「犬猫じゃないんだから」

と指摘しつつ、どうしようかと途方に暮れていると
「妙にうすら寒いし、火の通ってるものでも食いたいよな」

と椎名さんが言った。闇に降る雨と、傘に顔を隠した通行人を目で追いながら。

「賛成」

「じゃあ、焼き鳥とか、どう。今からなら一巡《いちじゅん》して席が空く頃だから」

新宿三丁目のごちゃごちゃした通りを抜けて、雑居ビルの一階にある小さな焼き鳥屋に入った。

「綺麗な服なのに申し訳ないけど」

と言いつつ椎名さんが暖簾《のれん》をぐぐると、店内は煙で霞《かす》んで、席も埋まっていてにぎやかだった。手羽先の焦げ目や水滴のついたビールジョッキにわくわくする。

奥の席に詰めて座り、ビールジョッキをぶつける。お通しは鳥皮ポン酢だった。歯ごたえがあってさっぱりしている。

外は寒いぐらいだったけど、店内は蒸《む》していてビールが美味しかった。塩気の強い焼き鳥ががぜん恋しくなって、店員を呼ぶ。

「僕は、ハツ、しし唐、鳥皮とねぎまで。うずらもお願いします」

「あと、私、手羽先と軟骨《なんこつ》も」

「お、いいね。二本ずつでいい？」

「はいっ」

と笑顔で相槌《あいづち》を打つ。椎名さんと私の好みは似ている。

焼き鳥が運ばれてくると、美味しい、と言い合いながら食べた。炭の香ばしい匂いと、ジューシーな鶏肉。強めにふられた塩にビールがすすむ。

「しかし、さっきの映画はエロかったなあ」

椎名さんがさっくり言ったので、私はビールを噴きそうになってから、自分で誘ったくせに、となんだかおかしくなって笑い出した。

「てっきりミステリーだと思ってたんだよ。俳優陣も豪華だから、若い知世ちゃんも興味あるかと思って」

と彼はちょっと弁解するように言った。

「あ、ビール空いたけど。おかわり頼む？　俺はウーロン茶にするけど」

俺になった、と思いながら、つられて注文する。

「私はレモンサワーを。あと、きゅうりの漬物と山芋たんざくもください」

レモンサワーはカットされたレモンがたっぷり浮かんでいた。焼き鳥の脂が広がった舌がすっきりする。

「ねえ、でも最後にヒロインの子が垢抜《あかぬ》けて綺麗になって再会するけど、あれ、ちょっと地味なときのほうが良かったよね」

と訊いたら、たしかに、と椎名さんは頷いた。

「まあ、でも個人的にはちょっとくらい作り込んでるのも好きだけど」

「え、そうなの？」

と意外に思って尋ねる。

「可愛いよりは、綺麗なほうがまあ好きかな」

「それは、好感度下がった」

「なんでだよ」

はしゃいだ拍子に、テーブルの上で手が触れそうになった。はっとすると同時に、椎名さんはすっと引いた。

「手くらい」

と私は酔いにまかせて呟いた。

「触っても、いいのに」

もしかしたら、この焼き鳥屋のレモンサワーはちょっと焼酎が濃いかもしれない。

「知世ちゃんはいい子だな」

椎名さんが言った。コップに添えた手を、見る。やっぱりまだ信じられない。この人がＨＩＶに感染していること。治らない病気を抱えているなんて。

うずらは噛むと、ほっこり湯気と塩気が溢れた。咀嚼《そしやく》しながら、ふと思う。この世は焼き鳥とレモンサワーを一緒に楽しめる相手とできない相手に分かれることに。

たとえば風祭君は爽《さわ》やかで感じの良い後輩だけど、仕事が終わってぶらっと二人で焼き鳥屋に寄るところは想像できない。前に付き合っていた彼も、服に臭《にお》いがつくから焼肉と焼き鳥はやだ、と女子みたいなことを言っていた。

広告会社に勤めていた前彼は、初めてホテルに行った朝、私がまだベッドでぼーとしているときに鏡の前で念入りに髪を整えていた。好きだったけど、それ以来、会えばいつもどこかしら緊張した。同等の気合いを無言で要求されている気がしたのだ。

もしかしたら一緒に焼き鳥が食べられるって、一緒に生きていけるくらい大きなことなのかもしれない。

「椎名さん。明日も朝早いんだっけ？」

「うん。残念だけど、会議が入ってる」

と彼は答えた。私は無言でスマートフォンを取り出す。茉奈たちからのメールが届いている。

『四ツ谷の五ツ星にいるから、仕事早めに終わったら来ない？』

五ツ星というのは正式な店名じゃない。ましてや本当にガイドブックで星を取ったわけでもなく、しいていえば燻製《くんせい》のチーズとか厚切りベーコン入りのポテトサラダなんかが美味しい、ごく普通のダイニングバーだ。

二人のグラスもお皿も空になりかけていた。出るにはいい頃合いだ。

「椎名さん。女友達が四ツ谷で飲んでて、今からちょっと来ないかって言ってるんだけど」

と二つの意味を込めて告げたら、彼はうっすら残っていたウーロン茶をさっと飲み干して
「じゃあ、出ようか。あんまり飲みすぎないようにな」

と言って、伝票を掴んだ。自分がどうしたいのか分からないまま席を立つ。髪も黒いブラウスからもかすかに煙の匂いがした。嫌いじゃないけど、今はわずらわしかった。

まだ雨が降っていて、駅の改札まで来ると、椎名さんが、はい、と紀伊國屋書店のレジ袋を差し出した。

「今日の映画の原作本。プレゼント」

「え、あ、ありがとう」

と驚いてお礼を言う。じゃ、と彼は片手をあげて、山手線への階段を上がっていった。

四ツ谷までは一駅しかなくて、席に座ってページを開いただけで到着してしまった。冒頭からヒロインと義父がぞくぞくするような不穏さを漂わせていたので、続きが気になりながら電車を降りる。

四ツ谷の広い駅前から光を映した川を見つつ、店へと向かった。

店内に入ると、カウンター席に茉奈と飯田《いいだ》ちゃんが陣取っていた。茉奈のショートヘアと、飯田ちゃんのたっぷりとしたロングヘアが対照的だ。

「お待たせ」

と茉奈を挟んで座ると、さっとおしぼりが出てきた。

店長の柳瀬《やなせ》さんはくっきりとした二重の目で微笑《ほほえ》んで

「おす。また飲んできたんでしょう。知世ちゃん」

とからかうように訊いた。反射的に愛想の良い笑みを浮かべて、はい、と答えてしまう。

小動物系の可愛い顔をした剛君《つよし》がお皿を片手に戻ってきて
「柳瀬さん、油売ってないで働いてくださいよ」

と仏頂面《ぶっちょうづら》で注意した。まだ二十歳そこそこの剛君に、柳瀬さんは、すんません、と頭を下げると
「知世ちゃんさ、紅茶のリキュール仕入れたんだけど、良かったらソーダ割りとかで飲む？美味いよ」

と言った。飲みます、と即答する。

「ちょっと知世だけずるい」

茉奈がすかさず文句を言う。淡いグレーのニットも白いレースのスカートもお洒落《しゃれ》なのだけど、カウンターにどかっと肘をついているのが残念だ。

「茉奈ちゃんは親戚みたいなもんだしなあ。なんなら自分でシェイカー振る？」

「は、親戚ってなに？」

と訊き返しつつも嬉しそうな茉奈に、飯田ちゃんがあきれ顔でショートカクテルのグラスを傾けた。ずいぶん綺麗な青いラップドレスを着ている。

「飯田ちゃん、今日は仕事？」

と私は尋ねた。彼女はフリーのライターをしていて、女性誌で記事を書いたりしている。

「違う。デートだったんだけど、ありえないから帰って来た」

「え、なんで？」

と思わず好奇心が出てしまう。

燻製の盛り合わせです、と剛君が愛想のない顔でお皿を出した。黒縁の眼鏡を掛けた端整《たんせい》な容姿にやっぱり視線がいってしまう。

一年前に初めてこの店を訪れた私たちは、店員の二人を見て
「店員さんの顔だけで、三ツ星レストランの満足度に匹敵《ひってき》しない？」

「三ツ星どころじゃないよ、五ツ星だよ！」

と盛り上がり、店名がややこしいイタリア語で覚えづらかったこともあって、五ツ星という通称になったのだった。

「やっぱりこの燻製のカマンベールチーズ美味しいわ」

飯田ちゃんがバゲットに薄く色づいたチーズを塗りながら、呟いた。

「それで？」

「会って二回目で、フレンチの店を出た途端、雨だからとか言って腰に手を回してきて。そ

んな気取るほどいい男でもないのに。おまけに路地に連れ込まれて、いきなりがっと」

「えっ？　一回りも年上なのに会計が折半《せっぱん》だったことに怒ってたんじゃないんだ」

茉奈が振り向いた。

「それもあるけど、その後だよ。無理やりキスされた挙句《あげく》に」

私たちは反射的に、きゃーっ、と女子高生のような声をあげたけれど
「……耳舐《な》められた」

飯田ちゃんはそう呟くと、早く忘れたいっ、とガッと頭を抱え込んだ。

「それは、災難だったね」

とだけ私は言った。

燻製の卵にフォークを刺す。醬油と煙っぽい香りが口の中に広がると、さっきの焼き鳥屋を思い出した。椎名さんはマンションに着いた頃だろうか。

「てかさあ、けっこうな数の男が耳舐めようとするのってなんなの。あとキスマーク付けたがるやつも。高校生かっつーの。三十歳にもなって、そんなの自慢したいわけないじゃん。ビッチだと思われるだけだし」

「私は自慢したいけど」

茉奈がぼやいた。飯田ちゃんは無視して、デート相手の愚痴《ぐち》を延々語っていた。

私は目の前のグラスに口を付けた。かすかに甘い紅茶の香り。ずいぶんと上品で、いくらでもするする飲めそうだった。椎名さんはそんなことしないと思うけどなあ、と考えたら、またもやもやとした。そんなこと分からない。知りたいようでいて、頭の片隅では怖いくらいに足が竦《すく》んでいる自分がいる。

そのとき、スマートフォンが鳴った。耳に当ててびっくりする。椎名さんだった。

「ごめん、さっきの文庫本の袋の中に、僕のパスケース入ってなかったかな」

私は慌ててバッグの中から紺色のレジ袋を取り出した。たしかに焦げ茶色の革のパスケースがあった。

「ありました」

「そっか。どうしようかな。社員証も入ってるから……ちょっと、そっち行くよ。悪いけどメールで店名送ってくれるかな。店の前に着いたら連絡する」

「え、でも、雨だけど大丈夫？」

「大丈夫、さっと行って、すぐに帰るから」

と椎名さんは告げて、電話を切った。呆然としていると、茉奈がすかさず

「ちょっと誰？」

と訊いた。

「なんか、最近よく食事してる人。さっきまで一緒だったんだけど、忘れ物取りに来るって」

「本当に!? 会いたい」

「いや、明日朝早くから会議だって言ってたから。すぐに帰るって」

と私は予防線を張った。急に落ち着かなくなって、ごまかすように紅茶のお酒を飲む。地下の店内にいると雨がやんだのかも分からない。

ちょっと出てくる、と茉奈たちに告げて、まだ濡れているビニール傘を手にして階段を上がる。薄暗いせいか足元がかすかにふらつく。

四ツ谷駅近くの橋の上で待っていた。大通りから跳ねる水たまりの音。水面に映った光が霧雨で微細に揺れる。

タクシーが止まって、ドアが開いた。運転手に気さくにお礼を言う椎名さんが見えた。筋張った手の甲《こう》。大人の手だ、と出会ったときに感じたことを思い出す。

「ごめん。呼び出して。友達は大丈夫?」

と尋ねる目はやっぱり優しかった。さっきのバーの店員さんみたいに美形じゃないし、数十分前に別れたばかりなのに、言いようのない懐かしさを覚えていることに気付く。

「お店に残してきた」

と私は傘を差したまま、見上げて答えた。

パスケースを差し出すと、ありがとう、と受け取ってから、すぐに踵《きびす》を返した。

「もう、帰るの？」

とっさに呼びかけたとき、椎名さんの目に見たことのない色が映り込んだ。

「薬が、家にあるから」

と彼は静かな声で言った。私が風邪をひいたときに、薬飲まなきゃ、と呟くのとはまったく違った深刻さを伴った言い方で。くすり、という単語が聞いたこともないくらいに重く響いた。

「今日にかぎって忘れてきて。決まった時間にかならず飲まないと効かなくなってくるから。ほんと、ごめん」

「椎名さん」

と私はたまらずに呟いた。

「ねえ、もっとちゃんと話そう」

「話すって、なにを」

「教えて。色々。自分でも調べてみたけど、どうしたら感染するとか、検査までの流れとかしか分からなかったから。本当に治療して生活してる人のことは、全然」

椎名さんは苦笑して、まいったな、と漏らした。

的外れなことを言ったかと思って背中が強張《こわば》る。分からないくせに踏み込みすぎたかとも。

でも、そのまま傘を持っていないほうの手をつながれた。初めて、強く、しっかりと。

「そんなこと言われたら、さらうよ」

傘を片手で閉じることができなくて苦戦した。

タクシーの後部座席で寄りかかった椎名さんの肩は、想像していたよりは厚みがあった。やっぱり男の人なんだな、と実感する。

暗い車内に、流れていくヘッドライトの光が何度も差した。どこか遠い旅をしているようだった。

「旅先の、知らない場所にいるみたい」

と呟いたら、椎名さんが宙を見上げて
「旅行しようか」

と切り出した。

「一緒に行けるうちに、行けるところにたくさん行って。綺麗な景色見て、美味いもの食って」

「行きたい」

と答えてから、行きたい、は、生きたい、と同じイントネーションだということに気付いた。

間接照明の灯《とも》る寝室で、たくさん本を見せてもらった。ベッドサイドの棚にそれらの本は並んでいた。普段は人目につかないけれど、一緒に寝室に入ることになったら否応《いやおう》なしに目につくところに。

「自戒《じかい》を込めて」

と椎名さんは言ったけど、ちゃんともっと手前で教えてくれたのだ。この人は。

知らないことがたくさんあった。今は薬で体内のウィルス量をかなり抑えられること。それを使えば感染させずに子供を作ることさえも可能だということ。完治には至らないけれど病気と一緒に生きることはできるという希望。

一方でそれらはすべて、確率が低い、ということしか現段階では言えないのだった。たとえ確率が1パーセントだって、感染してしまったら後には戻れない。

本を必死になって読み込んでいたら、椎名さんがTシャツとスウェットを出してきて

「もう寝なさい。俺はあっちのソファーで寝るから。明日、始発で帰るんでしょう。シャワー浴びる？」

と訊いた。

「シャワーは、帰ってからにする。どうせブローとか化粧とかもあるし」

「朝起きてから車で送ってもいいけど」

「いいよ。私のほうが若いんだし」

とふざけて強がると、椎名さんは安心したように笑った。

おやすみ、と寝室の扉が閉まった。

当たり前のように一緒に寝ないことの淋しさと気遣いに思いをはせながら、着替えた。

枕に後頭部を預け、天井を見つめる。

乳白色の小さなシェードの被《かぶ》さった、いくつもの照明。こんなに居心地がいい空間で、毎晩、一人きりで眠る椎名さん。

こんなに孤独なことがあるだろうか、と心配になった。だけど、もし椎名さんが今となりで横になって、うっかりそういう雰囲気になってしまったら。もし私が断っても無理に迫ってきたら。そんなこと絶対にしないなんて信じ込むのは、自分自身に対して無責任なことだ。他人なのだから。感染した事情だって、まだ知らされていない。

起き上がってそっと扉を開けると、椎名さんはリビングのソファーでタオルケットを被って寝入っていた。閉めて、ふたたびベッドへと引き返す。

淡い闇はどこまでも柔らかく、扉の向こうは物音一つしない。

ああ、と思う。本当に一つ一つやっていくつもりなのだな、と。信頼されるために。
明け方頃にようやく眠りについた。焼き鳥の匂いがほのかに残る体で。

大阪の夜、キス、海老を剥いて

電車を降りると、梅田駅内はだいぶ蒸していた。かすかに顔がべたつく。人込みの中、小さな旅行鞄《かばん》片手にさまよう。

駅前は、近代的なビル群と古い建物が混在していた。ごちゃっとした下町を想像していたので、少し意外だった。大阪に来るのは二十代半ばのときに日帰りで出張して以来だ。

空を仰ぐと、雨の気配で雲が重たくなっていた。梅雨《つゆ》明け宣言はまだ出ていない。腕時計を見ると三時にもなっていなかった。ミーティングを終えた椎名さんとホテルで合流するのは六時。ガイドブックを出してみる。

本当は、夕方から都内のフレンチのお店に行くはずだった。私の誕生日なので、椎名さんが予約してくれたのだ。

会社の休憩中、申し訳なさそうに

「ごめん、急きょ、大阪の取引先のミーティングに出なきゃいけなくて。僕が組んだプログラムだから、どうしてもその場にいないと」

と電話で謝られたときには、さすがにがっかりしたけれど、残念がる間もなく

「もし夕方から合流でも良かったら、一緒に大阪に行かないか。フレンチはまた今度連れて行くけど、大阪にも美味いものはたくさんあるし、できれば当日にお祝いしたいから」と誘われたので、いいの、と訊き返した。

「もちろん。仕事のついでみたいで申し訳ないけど」

「ううん。大阪は、ほとんど観光したことないから行ってみたい」

と私は答えた。初めての旅行だ、と思いながら。

雨が降り始めた。靴に水滴が滲《にじ》んで、茶色い革がまだらに黒くなっていく。屋根のあるところまで急ぎながらスマートフォンで観光地を探したが、雨でも行けるところは少ない。

結局、小綺麗なビルの地下にある居酒屋にたどり着いた。

まだ外は明るいというのに席はぎっしり埋まっていて、若い人たちから中高年の夫婦までビールジョッキ片手に大にぎわいだった。店の水槽には小さな海老《えび》が泳いでいる。生け捕りにできるというので、ビールとモツ煮を注文するついでに二匹頼む。

ビールは脳が痺《しび》れるほど冷えていて、白いモツ煮はふわふわだった。関東と違い、味が濃すぎず、柔らかい脂が溶ける。

カウンター席に一人きりで大勢のお客さんたちに紛れていると、旅に来たという実感が湧いた。飛び交う関西弁は元気で力強く、外国語のようだ。

「はい、鮪《まぐろ》の刺身」

とお皿を出されて、え、と思っていると
「にいちゃん、ちゃうちゃう。鮪の刺身はこっち」

とお客のおじさんに陽気に遮《さえぎ》られて
「あ、すみません！」

と若い店員さんは素早く引いた。

ほどなくお皿が運ばれてくると、殻付きの海老はまだ生きていた。尾がびくびく跳ねる。勇気を出して殻を剝《む》くと、淡く透き通った身が現れた。

わさび醬油に浸して嚙むと、海老は弾けるような音をたてた。甘い。呟く。ぶちぶちっとした歯ごたえがあって、青い玉虫色の味噌を吸うと濃厚に舌に絡《から》んだ。思わずメニューを見返す。この美味しさでモツも海老も数百円なのだから驚いてしまう。

ビールジョッキ片手にまどろんでいると、解放的な気分になってきた。

まだ日が高くて余裕がある時間帯に、女一人で飲むビールには、デートのときとは全然違う旨味《うまみ》がある。頰杖をついて、きらくだー、と心の中だけで呟く。たとえ酔っても甘えられる相手と合流するし、とまで考えて、甘え、とふいに思いとどまる。

両親も歴代の恋人も、私のことをよく分からない子だと口を揃えて言った。ぼんやりしているように見えて、仕事人間なところなんかが。

実家に帰るたびに母親は、知世は要領が悪いわりになんでも自分でやろうとするから、と揶揄《やゆ》するし、元恋人たちは、べつにそこまでがんばってるように見せなくてもいいよ、と寛《かん》大《だい》を装った上から目線の忠告をしてきた。

でも、私はもともと独立心は人一倍、強かったのだ。三歳年下の妹があまりに勝ち気な性格だから、私までまわりを困らせないように大人しい姉を演じていただけで。

だから同世代の男の子たちや親に思い切り甘えたことは、じつは今まで一度もなかった。

いつの間にか、ビールジョッキもモツ煮のお皿も空になっていた。

二杯目を頼むか迷って、時計を見る。夜になる前に行きたい場所があったことを思い出してお会計を頼んだ。

お店の外には行列ができていた。地上へと出る階段を上がりながら、思った。あと数時間後には椎名さんに会う。

土曜日のあべのハルカスは、天気が悪いにもかかわらずチケット売り場は混雑していた。しばらく並んで待った。

黒い壁に囲まれたエレベーターに乗り込むと、吸い上げられるように上昇していき、壁に灯った星のような光がぐんぐん流れていった。心の中で、近未来みたい、と呟く。

子供の頃、好き勝手に思い描いた未来の中で、科学だけは想像にどんどん近付いていく。夢のような便利さは現実になっていくのに、自分が大人になった実感だけが未《いま》だに薄いのが不思議だった。

展望台のフロアに到着して、エレベーターを降りた。

目の前にガラス張りの景色が現れた瞬間、ふわっと足が浮いた気がした。

私は雨に霞んだ巨大な街を見下ろした。暗くなり始めた道路を走る車のライトや街灯がまるでクリスマスのイルミネーションのようだった。高さを意識した途端、膝からつま先まで痛いような痒《かゆ》いような感じがした。恋のように痺れていく。

椎名さんの部屋に泊まった明け方、帰ろうとしていた私に、寝癖《ねぐせ》をつけたままで起きてきた彼が玄関先で言った。

「自業自得《じごうじとく》なんだ」

私はすぐになんのことか分かって、でも訊けなかった。

椎名さんは重ねるように続けた。自業自得だった、と。でも、と私はなんとか言葉を紡いだ。

「数え切れないほどの女の人と寝た、とか、そういうんじゃないんでしょう」

「数え切れないほどモテたりはないな」

と椎名さんはようやくちょっと笑った。

「でも、輸血とかでもないってこと」

「そういうこと」

　椎名さんはまた慎重に答えた。

「感染した原因はむこうにあったけど」

と彼は深くまばたきしながら、一つ一つ、言葉を押し出した。私はミュールの踵《かかと》を踏んだまま、じっと話に集中した。

「間接的には、僕がむこうを傷つけたんだよ。だから、仕方ない。いや、違う。仕方ないと思わないと救いがないから」

　やっぱりよく分からなかった。なんだか危ない事情にも聞こえて、でもそんな人じゃない、いや、そんな人ってそもそもなんだ、とじょじょに混乱した。

　私の知っている椎名さんと、私が知る前の椎名さんがあまりに違うかもしれないことが一番不安なのかもしれない。

　ちょうど椎名さんから連絡があったので、あべのハルカスにいることを伝える。

「じゃあ、そっちに行くよ。フレンチの代わりに、いい肉でも食わない？」

　食べたい、と答えて電話を切った。

あべのハルカスを出ると、横断歩道の向こうに知っている姿を見つけた。珍しくスーツだったのでどきっとした。近付いていくと、椎名さんはすっととなりに並んで
「ようやく会えた」

と笑った。皺《しわ》のない白いワイシャツにグレーの背広がいかにも大人という感じで嬉しくなる。

連れて行ってくれたのは、カウンター席がメインの綺麗な焼肉屋だった。

店内はカップルだらけで、メニューを開いたら、聞いたことのない部位のお肉の写真がずらりと並んでいた。

「大阪はホルモンなんかも美味いんだよ。この店はさっき取引先に教えてもらったんだ」

と説明されて、さっきホルモンを食べたことは内緒にしておいた。

冷えたビールで乾杯すると、誕生日おめでとう、と椎名さんは言った。誕生日だったことをようやく思い出す。忘れるくらいに緊張していたのだ。きっと。

最初に運ばれてきたのは鮮やかに赤いユッケだった。黄身を崩《くず》して食べ、感動する。生のお肉ってタレだけじゃなく、脂そのものが甘いのだ。ちっともクセがなくて、とろとろだった。

「美味しい。ちょっと甘めのタレがいいね」

「うん、美味い。ひさびさに生で食ったな」

と椎名さんも頷いた。

　少量ずつ運ばれてきたお肉を順番に焼いていく。ぶ厚いハラミから嚙みごたえのある顎の部分まで。途中から赤ワインのグラスを頼むと、すっかり誕生日らしい気持ちになった。

　ちらっと椎名さんを見る。顎にうっすらと髭《ひげ》の剃《そ》り跡。社内の二十代の男の子たちよりもずっとスーツが馴染《なじ》んでいる。節の目立つ手の甲。

　満腹になって向かったホテルは、難波《なんば》駅近くの小綺麗なシティホテルだった。

　二人でチェックインして、エレベーターに乗り込んだ。急に静かなところに来たせいか緊張する。廊下に出て部屋番号を探す。

　室内に入ると、予想と違ってダブルベッド一つだったことに動揺した。黒白の花柄のカバーがぴしっと掛かっている。シティホテルにしては広いものの、真ん中に陣取ったダブルベッドの存在感に圧倒されていると
「ごめん、じつは学会かなにかと重なったらしくて、ほとんどホテルが空いてなかったんだ。もっと広めのところを取りたかったんだけど」

と椎名さんがクローゼットからハンガーを取り出しながら説明した。そういえばフロントはチェックイン待ちの男性たちで溢れていた。

「ちょっと喉渇いたから、コンビニ行ってくるよ。なにか一緒に買うものがあれば」

と訊かれたので、私は首を振った。椎名さんは財布片手に出ていった。

少し煙の臭いが残っていたので、先に軽くシャワーを浴びた。楽なTシャツとスカートに着替えて、ごろんとベッドに寝転がると、急激に眠気が襲ってきた。

いつの間にか、眠り込んでいた。


目を開けると、ダブルベッドのまわりを、たおやかな笑みを浮かべた女性たちが取り囲んでいた。

全員が白い着物を着て、赤い帯を締めている。苦手な取引先の女性や中学のときに私をちょっといじめた女の子に顔が似ている。口元の笑みとは裏腹に微塵《みじん》も心を開いていないことが、威嚇《いかく》するような目つきから見て取れた。

自分の腕を見るとやけどのように皮膚が赤く歪んでいて、眠っている間になにかされたんだ、とぞっとして起き上がった。どうして。説明して。怖くて叫び続けるけど、彼女たちは何も言わずに笑い続けながら、手を伸ばしてくる。


目を開けると、乾燥したホテルの室内にいた。

体が動かなくて、視線だけをゆっくりと移す。誰もいない机、一人掛けソファー。空調の音だけが響いている。

夢の影が網膜に残っていて、上手《うま》く現実に戻れない。急になにもかも怖くなって、思わずスマートフォンを手に取っていた。

茉奈と飯田ちゃんにメールしかけて、とっさに飯田ちゃんだけを選んでいた。

『この前はありがとう。じつは今、四ツ谷に迎えに来た彼と大阪に来てるんだけど。』

デートや飲み会の最中ではなかったらしく、飯田ちゃんからの返信は早かった。

『私なんて家でビール飲みながら仕事だよ。いいじゃん、大阪。で、なにかあった？』

私は深く息を吸い込んでから、いっぺんに吐き出すようにメールを打った。

『一緒に来てよかったのか分かんない。正直こわい。』

こわい、を変換しかけたとき、ドアノブを回す音がした。メールを送信して息を潜《ひそ》めた。

ドアが開いて、椎名さんが戻って来た。

「お待たせ。どうした？」

寝てたから、と小声で答える。距離が近くなると、急激に密度が増していく。

椎名さんは一人掛けソファーに腰掛けると、ベッドにいる私へと視線を向けた。

「遠い場所で会うと、なんだか嬉しいな。新鮮で、でも懐かしくて」

と打ち解けたように言われて、笑わなきゃ、と思い詰めるほど、不気味な夢の余韻《よいん》が戻ってきた。

病気のこと。ちゃんと教えてくれない過去。よく知らない男の人に対する緊張感。限界だ、と思い、首を強く横に振った。

椎名さんは不思議そうな顔をして、私の肩に触れようとした。こわい。はっきりと思った瞬間、私はその手を振り払っていた。

顔を上げると、彼がショックを受けた目をしていた。いっぱいいっぱいで膝を抱えて顔を埋《うず》めて、私は泣き出してしまった。

椎名さんが強張った声で、知世ちゃん、と呼びかけた。

「ごめん」

顔を埋めたまま、首を横に振る。椎名さんはまた、ごめん、と言った。

「ごめん。普通にしてくれって頼んだって、そんなこと、できるわけないのに」

違う、と言いかけて、説明できなくて拒絶するように強く膝を抱え込んでいたら、シーツの上でスマートフォンが振動する音がした。

私は涙でぐちゃぐちゃになった顔を上げた。飯田ちゃんの名前が表示されている。

「出る？」

椎名さんが心配そうに私の顔を見た。黙っていると、いったん切れた。だけど、またすぐにかけ直してきた。

「出る？」

ともう一度、彼が訊いた。小さく頷く。

私は頰の涙をさっと拭《ぬぐ》って鼻声のまま、もしもし、と呟いた。

「泣いてんの!?　もしかして暴力ふるわれた？」

違う、と私はかろうじて答えた。そんな人じゃないけど色々よく知らないから不安になって……椎名さんを前にして、女友達にこんなことを打ち明けてるなんて最低だ、と思いながらも言葉が止まらなかった。すでに画面は涙でべたべたになって、頰に張り付いて気持ち悪い。

「おちつけ」

飯田ちゃんが神々しいほど冷静な声で言い放った。とっさに、はい、と素直な返事をしていた。

「今は一人なの？」

「ううん、一緒にいる」

椎名さんの目を見ることができないまま、答える。

「ちょっと代わって。私が仕事で散々磨いた審美眼《しんびがん》で判断するから。まあ、電話だから見え

そるスマートフォンを手渡す。

ないけど」
なんだか妙な展開になったと思いつつも、椎名さんを窺《うかが》い見た。
私が、代わってって、と小声で呟くと、彼はすぐに察したように右手を出した。おそるお
そるスマートフォンを手渡す。
椎名さんがスマートフォンをそのまま右の耳に当てて
「お電話代わりました。椎名と申します。いえ。こちらこそ、はじめまして」
落ち着いた声でまっすぐに答えたとき、涙が止まった。肩の力が抜けていく。
「いえ。はい？　ああ、いや、僕自身は彼女と付き合いたいと思ってます。はい……それは、
ちょっとまだ分からないけど」
椎名さんは最後の一言で、軽く笑った。柔らかい、いつもの優しい笑顔だった。二、三言、
たぶん軽い冗談を言い合ってから、椎名さんが真面目な口調になって
「僕は、彼女よりも年齢も上で、さらに難しい病気を抱えていて、彼女の将来を考えると、
どうしても……それで、混乱させてしまったんだと。いや、こちらこそ……」
後半のやりとりはよく聞こえなかったけど、私の気持ちはだいぶ落ち着いていた。
椎名さんがスマートフォンを差し出したので、受け取った。
「飯田ちゃん」

とこわごわ呼びかけると、彼女はさばけた口調で
「誠実そうな人じゃん。対応も大人だし。まあ、年齢考えれば当然だけど」

という評価に、椎名さんが苦笑した。女同士だと飯田ちゃんの声は途端に大きくなるので、筒抜けだ。

「現実的に色々大変なのは、なんとなく分かった。でも、なにか無理強《むりじ》いされたわけじゃないんでしょう？」

「うん、もちろん」

「ちょっとのんびりしなよ。それで、ちゃんと二人で話してさ」

ありがとう、とあらためて伝えた。なにかあったらいつでも電話して、と飯田ちゃんは笑って電話を切った。

少し間があってから
「ちょっと気分転換に、外でも散歩するか」

と彼が提案した。うん、と私は頷いた。

ホテルから少し歩いたところに商店街があった。昔ながらのおでん屋や立ち飲みの串カツ屋なんかが立ち並んでいる。酔っ払って大声で喋るサラリーマンたちを見かけて
「椎名さんは、そこまでお酒って呑まないね」

と私は言った。彼は、うん、と頷いた。

「基本的に薬飲んでると、肝臓《かんぞう》に負担かかるから。若い頃はけっこう呑んでたけど、治療が始まってからは、かなり控えてるよ。たまに、一、二杯を丁寧《ていねい》に呑むくらいで」

「……気付かなかった。合わせてくれてた？」

と気になって尋ねると、彼は笑って首を横に振った。

「自分が好きにできない分、人が楽しそうにしてるのを見るのが楽しいんだ。だから、よけいに知世ちゃんが美味しそうなのは、いいよ。どっちにしたって年齢的にも無茶しないほうがいいしな。一昨年と去年で、たて続けに高校の元同級生の葬式に出たけど、どっちも働き盛りの男だったしなあ。忙しい時期に倒れて、そのまま。子供もいたんだけど」

「そういうこともあるんだね」

と私は呟いた。通行人たちの関西弁の会話にかき消された。椎名さんが
「飯田さんが」

と突然、言い出したので
「え？」

私が訊き返すと、彼は目だけで笑った。

「君は昔から我慢しすぎて、突然、嫌になるタイプだって」

「飯田ちゃん、そんなこと言ってた」

と苦笑しながらも、さすがに長い付き合いの友達だな、と実感した。

「我慢させてごめん。いっぺんに言葉にしたら、混乱させるような気がして。君が気を遣ってくれるから、無意識になんとなく理解してもらっているような気でいたんだ。男女っていうだけで色々分からない部分や擦れ違う要素なんて無限にあって、その上、あんなこと告白されて、不安になるのは当たり前なのに」

　私は黙ったまま夜空を仰いだ。今ならなんでも訊けそうだった。

「どうしてそんなことになったか、教えてもらってもいい？」

　椎名さんは、うん、と頷いた。

「三十代で一度転職してて。次の職場に移るまでに一カ月あったんだよ。それで、どこかぶらっと旅にでも出ようと思って。貯金もだいぶ貯まってたし、あの頃は今より俺も鷹揚《おうよう》で、収入もそれなりにあったから、たまに羽目《はめ》を外したりしてたんだよ。付き合ってる彼女もいなかったし、短期間付き合っても、忙しさにかまけてほったらかしだったから、すぐに自然消滅してた。結婚にも興味なかったしな」

「椎名さんにもそういう時期があったんだね」

と私は不思議な気持ちで呟いた。

「それで、沖縄の離島をまわろうと思ったんだ。男一人なら安い民宿とかドミトリーに泊まれば、そんなに金もかからないし。六月なのに、ちょうど台風も全然来なくて、いい時期だった。空がおそろしく綺麗で、海は遠浅で穏やかで。今から思えば、神様が用意してたのか、人生最後の幸福でのんきな時間だった」

神様、と私は呟いた。

「旅の後半の夜だよ。石垣島の、あんまり美味くない若者向けの居酒屋で一人で飲んでた女の子と出会ったんだ。それが、分岐点だった。今から思えば長い一人旅に退屈し始めてたんだよ。旅好きのフリーターで歌手志望だって言われて、ちょっとエキセントリックだけど、男好きのする、軽くて奔放《ほんぽう》な若い子だと思ったんだ。言い訳にしか聞こえないだろうけど、自分も若かったんだと思う。とにかく俺は、彼女と関係した。三日間ほど島を一緒に観光して、免許を持ってないっていうから、レンタカー借りて、乗せてあげたり」

椎名さんの喋りが苦しそうになってきたので、私はその手を握った。

「ごめん。話自体はそれ以上でも、それ以下でもない。その子とは連絡先も交換せずに別れて、俺が旅を終えて東京に戻って来てからは、前に話した通りだよ。でも、だめだな。あのときの異様な感じは上手く説明できない。だから前の奥さんに話したときは、本当に出来事だけを伝えた」

「なにか言われた？」

と私は慎重に質問を重ねた。

「若いうちは軽い気持ちで異性と遊ぶことくらいある。それだけで負うにはあまりに理不尽な代償《だいしょう》だ、あなたは可哀想だ、て言ってくれた。優しい女性だったんだ。でも、あの子にとってはもしかしたら軽い遊びなんかじゃなかった。きっと、助けてほしかったのかもしれない。僕は間違えたんだよ」

と椎名さんは言い切ると、沈黙した。

なんとなく気まずくなって黙った。商店街はいっそう人でにぎわっていた。どこか、と心の中で強く思った。どこか。このまま夜が終わったらだめだ。どこか、二人で
「そういえば私、道頓堀《どうとんぼり》見たことない」

ぱっと思いついて、打ち明けると
「そうか。じゃあ、今から行こうか」

と椎名さんが切り替えたように明るい声で言った。

私はちっとも道が分からなかったけど、椎名さんがあらかじめ調べていたように人込みを分けて先導してくれた。便利な人だ、と怒られそうなことを考えて、こっそり心の中で笑った。

突然、まばゆい電飾の洪水の街へと出た。橋というよりは歩道に近い道頓堀の上で立ち止まって、見上げる。

両手を大きくバンザイした、身もふたもないほど派手なおじさんランナー。となりには、よりにもよって水着姿で腰を振る巨大な女性が並んでいた。パチンコ屋の宣伝だった。

私と椎名さんは声をあげて笑った。

「すごい不協和音《ふきょうわおん》」

「あのグリコのやつ、間近で見ると想像よりもずんぐりしてるなあ」

と椎名さんは揶揄した。道頓堀は光と闇が混在して濁った、普通の都会の川だった。ここに飛び込むの嫌だね、と二人でまた笑った。馬鹿馬鹿しいほど明るい大阪の夜に包まれて、重たい影が薄れていく。

屋台で熱々の明石焼きを半分こして食べて、タクシーでホテルに戻った。

交代でお風呂に入って薄いガウン一枚になって、先にベッドに潜り込んだ。

枕元のスタンドの明かりだけになって、椎名さんが何錠もの薬をペットボトルの水で飲んでから、となりに滑り込んだ。

おやすみ、と柔らかく言って目を閉じたので、左肩に額をつける。

石垣島の謎の女の子。手をつないで仰ぎ見た、グリコの光り輝くランナー。夜の光を飲み

込んだ道頓堀。想像以上に理解のある前の奥さんに胸打たれながらも、少しだけ嫉妬してい
た。清潔なシーツとダブルベッド。つま先が、触れる。
煮詰まった気持ちは、全身に流れて溶けていく。体の芯《しん》が熱くて、堪《こら》え切れず、椎名さん、
と小声で呼びかけた。
暗がりで見ると、意外と鋭い目がすっと向けられた。
「どうした？」
声だけが変わらず柔らかかった。
「すぐそばにいるのにただ眠るの、淋しい」
と私は小声で訴えた。
いつものように宥《なだ》められるかと思ったら、椎名さんは真剣な声で、うん、と頷いた。
「俺もだよ」
掛け布団が捲れて、寝返りを打った椎名さんに抱き寄せられた瞬間はびっくりするほど心
臓が激しく鼓動《こどう》した。
ぴったりくっついた胸の中はまだ慣れなくて、息を潜めて、こそっと頭を動かしたりして
調節した。これからどうなるんだろうという高まりと緊張と迷いで、ふたたび混乱しかけた
私の頭を、椎名さんはゆっくり撫でながら

「口内炎とかできてないなら、キスしたいけど」

と切り出したので、不謹慎《ふきんしん》だと思いながらもちょっとだけ笑ってしまった。

「笑うなよ」

「ごめんなさい」

「本心では、怖いでしょう。君だって」

数秒だけど本気で考えて、うん、と頷いた。

「……でも、少しくらいはしたい、と思う」

椎名さんが顔を覗き込んだ。頬や額にかかっていた髪を、大きな節の目立つ手が丁寧に払う。初めて、キスされた。唇は乾いていて薄く、触れた気がしないくらいに。それでも声を漏らすと、強く抱きしめられて、突然、現実が襲ってきた。頭では大丈夫だと分かっていても背中が反射的に固くなる。腰から下だけが熱くて溶けるようだった。

「ごめんなさい。なんか、どうしたいか分からなくなって」

椎名さんは笑って首を振った。

「いいんだよ、遠慮しなくて。なんでも言えばいいんだ」

「どうしてそんなに優しいの？」

と私はたまりかねて、見上げた。背後にはスタンドの明かり。

「あきらめてたから」

と椎名さんは真剣な顔で言った。

「離婚したとき、淋しかったけど、正直ほっとしたんだ。ああ、良かった。彼女を結婚前と同じままの状態で無事に送り出すことができた、って。不安も孤独もリスクも負わせないことばかり考えて、マイナスにばかり神経を使って、お互いに愛がなかったとは言わないけど、緊張感のある結婚生活だった。だから、あとはもう誰にも迷惑かけずに、自分の持っているものだけ与えて喜んでもらって、一人で終えられれば満足だと思ってた」

「それは、椎名さんが淋しくないの？」

と私が呟くと、そりゃ淋しいよ、と即答された。

「だけど期待するほうが怖いんだ。自分がなに一ついいものを相手に渡せない申し訳なさも」

「自分がいるだけでいい、とは思えない？」

椎名さんは私の頭を撫でた。それからきっぱりと、ありがたいけどそこまで前向きになるのは難しいな、と言い切った。

「今日」

と私は目をつむりながら呟いた。

「楽しかったね」

ああ、と椎名さんは頷いた。僕もすごく楽しかった。一緒にいたいと思った、とガウンを脱がされながら囁《ささや》かれる。彼はちゃんとガウンを着込んだままだったので
「私だけ脱ぐの？」

と驚いて尋ねた。

「なにもしないほうがいい？」

「いや……じゃないけど、ちょっと恥ずかしい」

と言っている間に素肌を撫でてきた手が熱くて、奥まで届く指はしなやかだった。シティホテルなのに大きな声が出た。綺麗な体だ、とか、感じてるときの顔がすごく可愛い、とか同世代の男の人には面と向かって言われたことがない誉め言葉を、椎名さんはまっすぐに使った。

私がたまりかねて彼の体に手を伸ばしたときだけ、私の頭をすっと抱え込んで
「また、ゆっくりどこか泊まりに行こう。飯食って、たくさん話して」

と諭《さと》した。その温かな腕の中で、私はとうとう大きく体を震わせた。

放心して天井を見つめていたら、私の顔を覗き込んでちょっとからかうように、良かったかな、と訊いたのは普通の男の人だった。

わざとそっぽを向いてガウンを羽織りなおすと、彼は笑ってベッドから離れた。銀色のト

ランクから小さな白い箱を取り出す。

「あ」

おめでとう、という言葉に導かれるようにしてリボンをするすると引っ張って外す。

華奢なホワイトゴールドのバングルに色とりどりの天然石が埋め込まれていた。

「わ、可愛い。こういうの好き」

「良かった。いつもの服装の感じに合いそうだと思って」

椎名さんが両手を伸ばして、手首に嵌《は》めようとしてくれた。だけど骨で引っかかって、結局、私が左手で押し込むと
「最後の最後で上手くできなくて、残念」

と彼は苦笑した。こんなの上手くできたら嫌だよ、とからかいながら手首を見る。さっき夢で赤い影を映していた腕に綺麗な光が集まっている。

「このまま寝る。良い夢見られそうだから」

と私は告げて、枕に頭を預けた。

「明日はどこ行こうかな」

椎名さんがなんだか今日一番リラックスした声で訊いた。ああ、この人も不安だったんだ、と気付く。

「動物園。あと、まだ串揚げ食べてない」

「じゃあ、通天閣《つうてんかく》のほうかな。知世ちゃん、知ってたか。通天閣ってパリのエッフェル塔をイメージして作ってるって」

と言われて、私は噴き出した。

「嘘だあ。全然似てないよ」

「本当だって。大阪人はすごいこと考えるよな。僕もそれくらい自由で思い切りのいい気性だったら、良かったんだけど」

椎名さんは椎名さんのままがいいよ。言い逃げして、今度こそ目をつむる。

不吉な夢は見なかった。砂金のように輝く砂浜で、椎名さんとビールを飲んで蟹を手のひらにのせたり貝殻を拾う夢を見た。

健康的に日焼けした椎名さんは、夢の中で、やっぱり穏やかな笑みを浮かべていた。


翌日も雨で、ビニール傘を差して動物園をまわった。

雨空の下、のろのろと餌を食べるサイの向こうに高速道路と通天閣が見えていた。園内は広いわりに見物客が少なかった。ぐるりと時間をかけて見物した。

巨大な檻《おり》の前で、一つの傘に椎名さんと寄り添って、どこを見渡しても動物は見つからな

かった。あきらめかけたとき
「あそこだ」

と椎名さんが指さした。

高い木のてっぺんから、オランウータンがじっと見下ろしていた。深い沈黙に満ちた眼差《まなざ》し。

時が止まった気がした。

オランウータンは生涯を通じて単独行動するために群れることがない、と看板に書かれていた。名前の由来は、森の人、という意味だということも。

檻の前をゆっくりと離れながら、椎名さんが
「こんなに思慮深く見つめ合ったのは、人間同士でも経験がないかもしれない。静かな気持ちになれた」

と呟いた。私も、そうだね、と相槌を打った。

たくさんのよけいなことを考えて、いくつもの現実をこなさなければならない。私たちは、そういう生き物だ。

雨がやんだので傘を閉じると、椎名さんはずっと柄《え》を私の手から取って、自分の右腕に掛けた。

ハートランド、女子旅、富士山

本格的な夏が来る前に旅行しよう、と言い出したのは茉奈だった。

海鮮居酒屋で、彼女は蟹の甲羅《こうら》を焼きながら言った。

「ここの蟹味噌は好きだけど、海のそばで新鮮なお刺身とか食べたくない？」

私は壁に貼られた旅行代理店のポスターを見た。西日の沈む水平線と、岩場の温泉と、蟹の写真。

「いいね。この三人で旅行するのっていつ以来だっけ？」

飯田ちゃんが枝豆のさやをお皿に置いて、宙を仰ぐ。私も考え込んだ。かれこれ五年前に台湾に行って以来だと気付く。

「あの台湾も楽しかったね。小籠包《ショーロンポー》が美味しかった」

と私は呟いた。たっぷりとした肉汁の旨味がにわかに蘇《よみがえ》る。

「小籠包もいいけど、今は海鮮の気分なんだって。東京だと美味しい魚は高いし」

「はいはい。茉奈と知世はもちろん週末だよね。再来週の土日は」

「私は予定ない。知世は」

「今から決めちゃえば、たぶん大丈夫」

と手帳を開いて答える。土曜出勤の日ではないはずだ。

「どこ行く、どこ」

とがぜんやる気を出した茉奈が梅サワーのジョッキを片手に訊いた。

「海鮮だったら、海のそばだよね。ビーチホテルとか？」

「私、水着はもう無理。だけど温泉は欲しい。飯田ちゃんさ、星野リゾートってどう？」

「いいけど予算は大丈夫？」

私と茉奈は顔を見合わせる。残業手当が積もり積もるので私の懐《ふところ》はそこまで淋しくない。さほどブランド物にも興味ないし。

一方の茉奈は洋服もブランドも美味しい物も好きなので、いつも月末には青い顔をしている。

「でも一度でいいから行ってみたいっ。どうせ彼氏ができて連れて行ってもらう可能性なんてほぼないし」

「まあ、正しいね。いいよ、私も興味あるし。一泊だと遠いところは疲れるから、近場がいいよね」

「近場の星野リゾートって、熱海とか？」

訊きながら、箸の先で蟹味噌をつまむ。こっくりと磯臭《いそくさ》い蟹の味にビールがすすむ。

「熱海って昔家族で行ったけど、あんまり観光地とかなかった記憶が」

三人揃ってスマートフォンを取り出し、蟹味噌の甲羅をしばし放置する。

「伊東もあるけど」

飯田ちゃんが片手を振って、却下、と即答した。

「伊東はだめ。昔、哲雄《てつお》と旅行して大喧嘩《おおげんか》したトラウマが蘇る」

じゃあ、と言いかけた茉奈が子供のように、うわ、と声をあげた。

その手元を覗き込むと、新緑が切り絵細工のようにガラス越しに浮かび上がる半露天風呂《はんろてんぶろ》が映っていた。

「すごい、素敵」

と私も思わず声をあげた。飯田ちゃんも身を乗り出して、箱根か、と言った。茉奈が、ここにしよう、とはしゃぐ。

「いいけど……思いっきり山だよ。箱根」

「いいよ、いいよ。泳がないなら、山のほうが涼しくていいって。魚は今食べる」

「じゃあ箱根で豪遊《ごうゆう》するってことで」

飯田ちゃんが日本酒を片手に宣言した。

「私が車出すよ。お兄ちゃんの車借りるから。そうすれば芦ノ湖《あしのこ》まで観光行けるし」と続けて言い、その手首にしたブレスレットが上下した。なにかに似てる、と気付く。七夕の輪飾りだ。店内には笹《ささ》が飾られている。

「本当にいいの？」

茉奈が目を輝かせて訊いた。

「その代わり、ちゃんと気遣ってよ」

私と茉奈は、はーい、と遠足前の子供のように声を揃えて頷いた。

土曜日の朝は蒸し暑いほどの快晴だった。

運転席の飯田ちゃんは淡い紫色のサマーニットに白いパンツという格好で、力強くギアを切り替えた。アクセルを踏む足元はヒールではなくスニーカーだ。

高速に乗ると、喋りながらも速度が上がってきたので

「飯田ちゃん、ギアチェンジとか面倒じゃない？」

と私は流れていく車を追い越す快感とスリルに緊張しながら訊いた。まわりから見たら、黄色いスポーツカーに女三人乗りはそうとう目立っているはずだ。

「慣れれば平気だよ」

「そっか。私なんてオートマの免許だって持ってないのに。マニュアルとか運転できるの本当にすごいね」

「ねえねえ、オートマとかマニュアルってなんだっけ？」

と右隣の茉奈がペットボトルの蓋《ふた》をひねりながら訊く。だいぶ冷房が効いてきた。

「あんた……私がさっきから左手で握りしめてるものが見えないわけ」

「え、それってかならず車についてるんじゃないの？」

「オートマは勝手に切り替えてくれるんだよ。マニュアルは手動」

「はっ？　そんなのすごい大変じゃん。判断力いるし」

「だから、さっき私がそう言ったよ」

と茉奈に指摘する。慣れ親しんだ女が三人揃えば、しらふでもパチンコ屋の店内顔負けに騒々しい。

「私が男に車が好きって言うと、助手席専門でしょ、とか当たり前に返してくるの腹立つからマニュアル免許にした。て、この話、昔もしたっけ」

「うん。飯田ちゃんのお兄ちゃんもすごい車好きだから影響されたって」

私は、大学のときに終電を逃して三人揃って迎えに来てもらったことを思い出した。あのときは尖った形の青いスポーツカーに乗っていたはずだ。

月明かりの下、青い車体が颯爽《さっそう》と闇の向こうから現れた。飯田ちゃんのお兄さんはオレンジ色のポロシャツ越しでも分かるくらいに筋肉質で、ごつい坊主頭で十歳くらい上に見えた。たしか金融系の会社に勤めていたはずだ。

「見た目、完全にヤクザだよね。よく結婚できたよね」

「ほんとに。あいかわらず接待でキャバクラ行きすぎだけどね。年に何回女の誕生日祝うのかと思うよ」

私は苦笑しつつ、スマートフォンを出した。椎名さんからのメールが届いている。

『昨日は内輪《うちわ》飲みに付き合ってくれてありがとう。あれからちゃんと眠れたかな？』

昨晩、椎名さんが新橋で仕事仲間と飲むというので、呼ばれたのだ。椎名さんのまわりの人たちにも会ってみたい、と大阪から帰ってすぐに私が頼んだから。

駅前まで迎えに来た椎名さんは、知世ちゃんが気まずくないといいけど、とお店に到着するまでずっと気にしていた。

彼と同世代の男性たちはみんな太っていて結婚していて、私を見るとびっくりしたように、若いねー、と笑った。照れ臭そうな椎名さんを見て、なんだかほっとした。

『眠れたならよかった。女の子三人で温泉なんて楽しそうだな。美味しいもの食べてゆっくりしておいで。』

私はスマートフォンをしまって、窓の外を見た。高速沿いの木漏《こも》れ日が、ラメ入りのマニキュアを二度塗りしたように細かく輝いていて、世界の色が眩しい。夏の近い青空。

「知世、私のバッグからサングラス取ってくれない?」

と頼まれたので、身を乗り出して助手席のバッグを漁《あさ》る。

はい、と手渡すと、飯田ちゃんは一瞬だけ振り返って、さんきゅ、と笑った。黒い髪のかかった横顔が綺麗だった。

「飯田ちゃんは最近、好きな人いないの?」

と思わず訊いてみた。大きなサングラスを掛けながら、最近は微妙だねー、と軽く受け流す。

「既婚《きこん》ばっか」

はあ、と茉奈がため息をついた。

「同世代で顔の良い男の人の既婚率高すぎない? いつの間に彼らはあんなに巣立っていったわけ?」

「そもそも、あんたが育てたわけじゃないでしょう」

飯田ちゃんがバックミラー越しにこちらを窺った。

「ここでいったん高速降りて、ガイドブックに載ってた手打ち蕎麦屋に向かうから。二人は軽くだったら地酒飲んでいいからね。知世さ、悪いけど店名と電話番号教えてくれる?」

茉奈が感嘆《かんたん》の声をあげて、飯田ちゃんが恋人だったらいいのにー、とあながちお世辞でもない口調でこぼした。

思わず視線を向ける。暗い茉奈の横顔に、なにかあったことを悟りつつ、私はバッグからガイドブックを取り出した。

天井が吹き抜けのエントランスは、温泉旅館というよりは南国のリゾートホテルのようだった。

ソファーに腰掛けて、軽く高揚した気分でいると、ウェルカムドリンクが運ばれてきた。甘酸っぱい花の香りのスパークリングワイン。思わず笑みがこぼれる。

ゲストカードをチェックしている飯田ちゃんにも勧めて、最初の乾杯をした。

「美味しい。けっこうしっかり炭酸がきいてる」

「もう天国みたいな気分」

ソファーにだらりと寄りかかりそうになると、まだ早いよ、と苦笑された。ホテルのスタッフに導かれて渡り廊下を歩いていく。

部屋へと通された私たちの前に、目もくらむような新緑が飛び込んできて放心した。

スクリーンかと見紛《みまが》うくらいに巨大な窓の向こうには、箱根の若々しい緑におおわれた山々が光っていた。

「窓はすべて開け放つことができますから」

と仲居さんが窓ガラスをがらがら押し込んだ。遮るものがなくなると、夏の山だけが残った。

三人だけになると、畳の上に思わず寝転がった。

「青空までよく見えるねー」

と畳から遠くの空を仰ぎ見ながら、飯田ちゃんが呟いた。

ぬるい風が吹くと、無数の葉擦れが響いた。川の流れが重なる。蟬《せみ》が遠く長く、鳴いている。

「放心する」

「うん。色々、消えてく」

たくさんの疲れが悩みが、指先から泡になって、しゅわしゅわと溶けていく。初夏の蒸れた植物の匂いすらも清々《すがすが》しい。

もうちょっとしたら温泉行こう、あと五分したらね……などと言い合いながら、三人揃って日が暮れるまでうたた寝した。

浴衣《ゆかた》に着替えた飯田ちゃんがビールグラスを片手に

「箱根の夜に乾杯」

と声をあげたので、私たちもグラスを軽く鳴らした。湯上がりのビールはよく冷えていて最高に美味しい。

「前菜の盛り合わせ、綺麗だねー。この海老のジュレのやつ、ぷるぷる」

「品数多いのに全然重たくないよね。旅館の食事ってたいてい残しちゃうんだけど、これなら完食できそう」

料理の感想をひとしきり伝え合ってから、茉奈が
「こうしてると、今からがんばって大して好きでもない人と結婚するよりもさ、お給料は少ないけどお金も時間も自由にできるほうがいいって思うんだよね」

と言って、ビールグラス片手に頬杖をついた。袖が捲れて肘まで露《あら》わになっている。

「うーん、でもずっと一人でいることを想像すると淋しい気もするな」

と私は正直に答えた。

「だけど知世なんてうちらの中で一番稼いでるし、付き合ってる人もいるんだから余裕じゃない？　盛り上がってるうちに結婚しちゃえば」

「え、やっぱり付き合ってるの!?　五ツ星のときに消えた例のおじさんと」

茉奈の身もふたもない言い方を軽くけん制しつつ、飯田ちゃんに向き直る。

「十代の頃みたいにはできないよ。好きになっただけで生きていける、て信じてたときみたいには」

「ああ。あの頃ってそうだったよね。中学生の歌手とかが、永遠ニ愛シテル、とか、一生忘レナイ、て歌ってたよね。私、あの頃付き合ってた相手の名前を漢字で書くことすら、もうできないよ」

「私、まだ生年月日まで覚えてるけど」

「茉奈は記憶を更新したほうがいいのでは」

ですよねー、と茉奈はなげやりに相槌を打って、日本酒のメニューを眺めた。

青いカエデの葉を添えて氷に冷やされた吟醸酒《ぎんじようしゆ》が運ばれてきた。

青いガラスのお猪口《ちよこ》に見惚《みと》れつつ、くいと飲み干す。喉の奥がかすかに熱くなるのに、口の中はすっきりと洗われる。

「このフォアグラの湯葉揚げ、ぱりぱり。脂濃い……でも美味しい」

私たちはすっかり美味しいものの虜となった。デートは嬉しいし、一人飲みも気楽だけど、女同士でだらだらと美味しいものだけ食べて好き勝手なことを言える時間もまた至福である。

部屋に戻ると、飯田ちゃんがハートランドの瓶を冷蔵庫から出して、窓を開け放った。

山々の木々は真っ暗なシルエットだけになって、星明かりが夜空に浮かんでいる。

ソファーに座って、あらためてビールをそそぐ。ハートランドの深緑色の小瓶は昔から好きだ。お洒落すぎず、さりげなく品が良い。

「ハートランドっていうのが、またいいよね」

飯田ちゃんがビールを飲みながら呟いてから、ふと眉を寄せた。

「茉奈さ、さっきからなに見てんの？」

弾かれたようにスマートフォンから顔を上げた茉奈に、飯田ちゃんは尋問《じんもん》するように詰め寄った。

「べつに……明日どこ行こうかな、とかそういうんだって」

茉奈はスマートフォンを置いた。浴衣の裾が開いて、真っ直ぐな足が覗く。身長はほとんど変わらないのに、茉奈の足は膝から下がやけに長くて羨《うらや》ましい。

「あんたが濁すときって、たいていとんでもないこと隠してるよね」

茉奈は鼻の頭を掻くと、切れ長の目をそらして
「先月くらいから時々会ってる会社の先輩の、彼女のブログ」

と告白した。

「は？」

飯田ちゃんが困惑したように訊き返した。

「いや、だから、そういうこと」

茉奈はぼかしたものの、表情は曇《くも》っている。

「あの、全然、意味が分からないよ」

と私も指摘した。

「先輩って彼女と同棲してて、結婚はまだなんだけど。何度かデートしてるうちに、私ともそういう関係になって。でもべつに付き合いたいとかじゃないから、ストーカーするつもりはなかったんだけど、先輩の情報をたどってるうちに偶然見つけて」

「本人のストーカーするよりも、こじらせてるって」

飯田ちゃんが脱力したように呟く。

「そんなに好きなの？」

私は浴衣の膝を抱えて訊いた。茉奈はすぐに首を横に振った。

「彼女を知ったら現実にかえった」

「二人の仲が良くて？」

「ううん。先輩ってさ、ボルダリングとかやってて体育会系で、私とは屋台や焼肉屋に行くような人だから、彼女もアクティブな感じだと思ってたんだよね。けど、どっちかといえば内向的で、休日はベランダでガーデニングとかしてて、絵とか描いてるような子で」

「その二人、長く続かないんじゃないかな」

茉奈は曖昧《あいまい》に苦笑いした。当分はその三角関係がずるずる続く気配を感じ取り、私は個人的な意見を飲み込む。

「そういう彼女と同棲して、屋台に行ける相手はべつに作るって、そりゃあ完璧だよなあ、て納得しちゃったんだよね。嫉妬を通り越して。あんな繊細そうな子が先輩の帰りを淋しく待って、一人で薔薇《ばら》の鉢植えを育ててるの想像したら、私まで切ない気分になっちゃって」

「目線はよく分からないけど、目が覚めて良かったね」

と私は一応、言った。まだ、ちっとも覚めていないことを承知で。

「最近は彼女が、体調悪いのに仕事から帰って夕飯作るのつらい、て書き込んだりしてると、もっと大事にしてあげろよ！　て叫びたくなるし。よけいなお世話だけど。そういえば飯田ちゃんも先週荒れてなかった？　仕事でなにかあったんだっけ」

飯田ちゃんは、あれね、と相槌を打った。

「女性誌界隈があまりに女同士の仕事の取り合いで疲れたから、最近、男性ファッション誌に紹介してもらって、インタビュー記事やってるんだけど」

「あ、いいね。飯田ちゃんには男性誌も似合うと思う」

「そこに、派手好きで女友達少なそうな年上の女性ライターがいてさあ。先週、前にも雑誌でインタビューしたことのある男性漫画家さんの仕事場にお邪魔したら、最初に怒られて。その女性ライターが自分の名刺の上におしぼり置いたとか、撮影禁止の店内で写真撮るから店員に注意されたって。私と若い編集の子が代わりに平謝りだよ。編集部に戻ってから、編集長に報告したら、彼女はちょっと仕事がカジュアルだから今後は自分が同行する、て説明されて啞然《あぜん》」

「え、それってもしかして、編集長とそいつがデキてんの?」

茉奈の問いに飯田ちゃんは、たぶんね、と不快そうに言い捨てた。

「なにがカジュアルだよ。カジュアルなのは、あんたの危機管理意識だっていうの」

私は呟いた。

「三十代って中途半端だよね」

二人が同時に、どのあたりが、と訊き返す。

「部長から見れば私だってじゅうぶんに若いけど、既婚の美人の先輩のほうが遥かに部長のお気に入りだし。同世代の男子だと対抗心強くて、新卒の女の子ばかりちやほやするし。三十代って中途半端だなあ、て思う。上にも下にも挟まれて、結婚や子供の話題が無関係にも冗談にもならないから、変に気を遣われて。そのわりに比較され要員っていうか」

私は、はあ、と息を吐いてテーブルに突っ伏した。軽く酔いがまわってきたみたいだ。

「二十五歳の女性社員が、デート服に着替えて退社しても当たり前みたいに見られるけど、私が綺麗な格好して退社したら、恋人いたのか、とか、どうして結婚しないんだろう、とか、結婚してもらえないような理由があるのか、とか口に出さなくても、ふきだしが浮かんでるんだよね。頭のてっぺんあたりに。被害妄想《ひがいもうそう》かもしれないけど」

「いや、被害妄想じゃないと思う。だって自分を思いきり棚に上げて、私も同じことを職場の女の子たちに思うし」

と茉奈は真顔で言った。

「でも知世の彼はそういうんじゃないでしょう。年齢的にも性格的にも、適当に遊んだら次に行こうなんて考えなさそうだし」

「飯田ちゃん会ったの？　いいなー。私にも紹介してよ」

「病気なんだ」

と反射的に漏らしていた。一人で抱えることに疲れたか、あるいは酔いのせいか。どれにしても、ああ、言いたかったんだ、と実感した。仕事帰りのバーでは気軽に口にできないことを。

だから旅に出たのかもしれない。

「ああ、なんか言ってたね」

と飯田ちゃんは真面目な顔になった。

「病気って重いの？　糖尿病とかじゃなくて？」

茉奈はあくまで年齢に対する偏見《へんけん》があるらしい。

「軽くは、ない」

「でも命に関わる病気じゃないでしょう？　この前だって元気そうに話してたよ」

「薬で抑えてるから、今はまだ元気だけど、珍しい病気だから」

「それじゃあ知世がつらいじゃん」

茉奈は泣きそうな目をしていた。単純だなあ、と思いながらも、つられて泣きそうになる。椎名さんが急激に遠ざかっていくようで、心細くなってきた。川の音がテラスの向こうで響いている。

「心配だね」

飯田ちゃんのこぼした一言に思わず頷く。うん、心配。それでもさすがに言えない。発症に対する不安とか、感染に関することとかは。いつかは話せるのだろうか。そうしたら彼女たちはどんな反応をするのだろう。

「悩むことあったらいつでも言いなよ。一升瓶持って駆けつけるから」

「私はキルフェボンのタルト持って駆けつける」

「それ、あんたが食べたいだけでしょう」

「ここデザートも美味しかったー。黒ゴマきなこと梅のアイスの組み合わせ、とろりとさっぱりでキリがなくなるよね。フルーツもたっぷりだったし」

私は、はいはい、と苦笑して、ハートランドをもう一本開けた。

明日はどこに行こうか。

声に出すと、時間がちょっと柔らかくなる。

「でも私たちは自由だよ！」

茉奈が酔っ払ったのか、突然、宣言した。

「子供もいないし、結婚してないし、まともに付き合ってる彼氏もいないし、仕事だってほかの誰でもできることかもしれないけど。明日いきなり飛行機に飛び乗って石垣島に移住して生きていこうと思えば、できるんだよ。それってすごいことじゃない？」

「なんで石垣島？」

飯田ちゃんがきょとんとして訊き返した。

「先輩の彼女が好きみたいで、しょっちゅう旅行した写真とか載せてるから……いいところだなって」

「あんた、全然、自由でもなんでもないじゃん！」

言い合う二人に笑いながら、真っ白なベッドに寝転がる。体のラインに添うようにしてどこまでも沈み込んでいく。

「なんかベッドに飲み込まれていくよ」

そう声をあげたら、私も寝たいっ、と二人が次々に飛び込んできた。


晴天の赤い鳥居《とりい》の下には、記念写真を撮る外国人観光客が溢れていた。中国語や韓国語が入り乱れてにぎやかだ。

私たちがお賽銭《さいせん》を投げると、背後から熱い視線を感じた。

「お手本にされてない？」

「柏手《かしわで》の数、間違えないでよ。茉奈」

小声で囁きながら、二回お辞儀をして二回柏手を打つ。椎名さんのために祈った。つむじが熱せられて、じりじりと焼けていく。

おみくじを引こうとして、龍の絵の根付けを見つけた。仕事も恋も縁を結んでくれるという言葉にはげまされて、三人揃って購入する。縁結びで有名な神社なだけあって、お守りを手にしているのは女性客ばかりだ。

トンネルのような木立の陰を歩いて、湖に出た。水面が光り輝いて、目が開けられないほどだった。

　欄干に身を乗り出した茉奈が、気持ちいいー、と目を細めた。水辺の風は冷気を含んでいた。ほっとしてペットボトルの水を飲む。

　遠くには雲をかぶった富士山が座り込んでいた。くらべものにならないほどの大きさに圧倒される。

「いい男でもないくせに浮気すんなー」

　茉奈が水辺にむかって叫んだ。まわりには誰もいない。思わずつられて声を出す。

「椎名さんの優柔不断ー」

「枕営業、絶滅しろっ」

　すっきりして振り返ると、大学生くらいの男の子たちが馬鹿にしたように笑っていた。恥ずかしくなって逃げるように撤退しながら
「これからどうする？」

と飯田ちゃんに訊く。

　彼女は、私はガイドさんじゃないんだからね、とぼやきつつも
「御殿場《ごてんば》のアウトレット行こうか。Chloeもケイトスペードもトリーバーチもぜんぶ揃ってるよ」

と提案した。

「うそ、ファミリー向けのショップ中心だと思ってた。新しい靴欲しい」

「私も夏物のバッグ見たい」

「豪遊だから許されるよね。やっぱり買い物は女同士だな」

言い訳しながら駐車場の車に乗り込む。汚れ一つないサイドミラーを見て、飯田ちゃんのお兄さんが洗車しておいてくれたことに気付く。

私たちは女性として生まれて、否応なしに女性として扱われる。

それはひどくわずらわしいこともあるけれど、やっぱりそんなに悪くもないな、と空に透けるように青々とした富士山を横目で見て、思った。

ＳＬ列車、永い夜、鹿と目が合う

木曜日の夜に、ひさしぶりに仕事が早く終わったので、椎名さんの部屋に寄った。

私は生餃子専門店で買った箱を開けて、大鍋で餃子《ギョーザ》を茹《ゆ》でた。つるんと茹であがった餃子にパクチーを盛り付けて、食べるラー油を添える。

水餃子を食べた椎名さんは、お、とうなった。

「これ美味いなあ。夏に合う味だよ」

「前に食べた餃子屋さんのを真似してみたんだ」

「発明だよ。僕はパクチーはそんなに得意じゃないけど、アクセントになっててていいよ」

私は、苦手だったっけ、と訊いた。食を愛する椎名さんに、食べられないものはないと思い込んでたから。

「好きとか嫌いとか、訊かないと分からないね。全然違う環境で育ってきたのを実感する。て、これなにかの歌の歌詞であったっけ」

ビールで酔って適当になった私の頭を、椎名さんが撫でる。最初に会った頃みたいに笑った。

先週末、病院の診察に行くという椎名さんに初めてついていった。

穏やかな初老の先生は、私にも分かるように丁寧に説明してくれた。飲んでいる薬のこと、日常生活。セックスや出産のことまで。椎名さんの体内のウィルス量は薬でそうとう抑えられていて、もともとＨＩＶはそんなに感染力の高い病気ではなく、きちんと避妊《ひにん》してセックスする分にはまず問題ないということ。ウィルスを除去した上での人工授精も可能だということ。聞けば聞くほど現代医学の進歩に感動して、ふう、と息をついた。

「疑問や不安なことがあれば、なんでも訊いてもらっていいですよ」

と微笑まれたとき、初めて肩の荷が下りた。誰にも相談できなかったことが一番きつかったのを実感した。

病院のロビーで会計を待っているときに、椎名さんがあらためて、ありがとう、と言った。日に焼けた腕をそっと組んで病院を出た。自動ドアの向こうの空がやけに青くて、汗が滲みつつも清々しかった。

辛くてスパイシーな餃子を食べながら、テレビを見ていた椎名さんが
「お、いいな。ＳＬ列車だ」

と呟いた。青い平原を走るＳＬ列車に、私もつかの間見惚れた。

「子供の頃に憧れたまま、まだ一度も乗ったことないんだよな」

「え、あれって実際に今も走ってるの？」

と私はビールのコップ片手に訊き返した。

「そうそう。たしか近くだと静岡の大井川《おおいがわ》線か。いいな、本当に乗りに行くかな」

急に前のめりになった椎名さんを、男子だ、とからかいながらも

「じゃあ一緒に乗りたい」

と私は言った。

「いいの？　僕の趣味に付き合わせるようで申し訳ないけど」

「うん。楽しそうだもん」

「じゃあ、今度の土日で行けるか調べてみようか」

椎名さんは腰を上げて、パソコンデスクに向かった。彼の背中に寄りかかってディスプレイを覗き込む。ん、と振り返られる。目だけで微笑まれた。笑いながら、その肩を突っついて

「椎名さん、ＳＬ調べないと」

と諭すと、彼は検索を再開した。ＳＬ列車に乗って山の上まで行き、さらにバスに揺られて山奥の温泉郷を目指すことになった。

「山女魚《やまめ》の塩焼きとか美味い時期だな」

椎名さんがカーソルを動かしながら呟いたので、やった、と私は声をあげた。

もともと食べることは好きだったけど、どの季節になにが美味しいかまでは考えたことがなかった。

医療が進歩したとはいえ時間は無限じゃないことを意識するようになった今は、椎名さんと過ごすときの選択一つ一つが大事なのだ。死ななければ丁寧に生きることもないのだ、と気付いて不思議な気持ちになった。

土曜日の早朝、目を覚ました私は粗大ごみの収集日だったことを思い出した。

玄関のドアを開けて、空のスチール棚を抱えてアパートの階段を下りようとした。左右にぐらぐら揺れながら、浮かせてずらしてスチール棚を下ろしていたとき、ずるっと滑った。

そのまま最後の三段くらいを一気に踏み外した。

棚は倒れ、私も地面に座り込んでいた。

物音を聞きつけた一階の大学生風の男子が飛び出してきた。

「あのう、大丈夫すか？」

大丈夫です、ととっさに答える。平気な顔で棚を運んだものの、明らかに足首に違和感があった。骨が折れているほどではないけれど、力を入れることができない。

なんとか部屋に戻って、シャワーを浴びて着替えを済ませた。その間も足首はどくどく脈打つように痛んで、踝《くるぶし》のまわりが腫れ始めていた。あーあ、と思わず心の中で呟く。私の馬鹿。一人暮らしが長いと自分を過信してろくなことがない。

仕方なく椎名さんに電話をかけた。あと十五分くらいで東京駅に向かわないと間に合わなくなるので
「どうした、知世ちゃん。寝坊でもした？」

と電話に出た椎名さんは尋ねた。私は足首を怪我《けが》したことを伝えた。

「そりゃあ、移動は無理だな。どうする、延期しようか」

「でも宿とか当日キャンセルだとお金取られるよね？」

「足が痛いのは無理しないほうがいいよ。SLはいつでも乗れるから」

「だけど、もったいないよ。もし良かったら椎名さん一人でも行ってもらえたら」

椎名さんはあっけらかんと笑って、そりゃあ淋しいな、と受け流した。

「僕は知世ちゃんと行ったら楽しいと思っただけだから。気遣いは嬉しいけど、本当に気にしなくていいよ」

「私も行きたかった」

情けなく呟くと、椎名さんは考え込むように黙った。

「車でSL列車の出発駅まで……そうとう飛ばせば行けないことない、な」

「へ？」

と思わず訊き返す。

「分かった。俺が今すぐ車でそっちに迎えに行く。だから支度して待ってて」

と宣言して電話が切れた。

十五分もしないうちにインターホンが鳴った。

椎名さんに肩を借りて助手席に乗り込んだ。

「間に合うかな。あんまり無理なようだったら今度でも」

と言いながら視線を向けて、不意を突かれた。椎名さんが真顔でギアを握りしめる。言葉少なに発進した車はみるみるうちに速度を上げ、交通量の多い一般道を抜けてあっという間に高速の入り口までたどり着いた。

ＥＴＣのところで減速して、また一気に加速する。私は背筋《せすじ》をぴんと張ったまま息を殺した。いつもは静かなギアチェンジの音が、強く響く。車間距離も車線変更もすれすれだけど、下手な運転手がのろのろ割り込むよりは遥かに見事で絶妙なタイミングに目を見張る。

「ナビ通りだと十分遅れか」

こんなことができる人だったのか、と思ったら目の前の世界の色が変わっていくようだった。

住宅と商店の入り混じった道を器用に抜けたとき、駅前から大量の煙がたちのぼっているのが見えた。

ＳＬ、と心の中で叫ぶと同時に椎名さんが駐車場に車を寄せた。時計を見る。出発時刻の三分前だった。

「すごい」

と旅行バッグを片手に漏らすと、彼は運転席から降りて、私の背中と膝裏に手を当てて抱き上げた。わ、と喉の奥から声が出た。

「急ごう」

椎名さんは冷静に言って駅に向かった。同じ方向へ歩いていた家族連れの女の子が、おねえさん抱っこされてるー、とはしゃいだ声をあげる。顔から火が出そうになった。

ようやく改札のところで、はい、と下ろされて両足をついた。

はっと顔を上げると、真っ黒に輝く巨大なＳＬ列車が煙を吐いていた。見惚れながら乗り込んだ瞬間、むっとした夏の空気がこもる洞窟みたいな車内に興奮した。

蛍光灯のついた天井には扇風機が回っていた。深い焦げ茶色の壁、青い布張りの座席。子供たちは大喜びで、老人たちはビールを飲み始めている。

指定席には、二人分のお弁当とお茶があらかじめ用意されていた。お弁当を膝の上に置いて座ると、ＳＬ列車は汽笛を鳴らして出発した。

夏真っ盛りの緑が眩しい川べりを進んでいくと、開けた窓から煙が流れ込んできた。火薬に似た匂いがした。

「タイムスリップしたみたい。なんだろう、普通の新幹線よりも気楽な感じがするね」

乗務員の女性が、子供相手にハーモニカの演奏を披露している。

「新幹線は車内も真っ白だからなあ。どうしたって無機質な感じがするけど。ああ、この手すりもすごいな。使い込まれてつるつるだ」

と椎名さんは木の手すりを撫でた。

お弁当を食べていると、椎名さんの踝が目に入っていた。軽く捲り上げたチノパンから覗く、くっきりとした踝が。

「どうした？」

と訊かれて、なんでもない、と小さく笑った。

「なんだよ」

彼も笑って言い返す。ＳＬ列車の玩具《おもちゃ》を手にした子供たちが歓声をあげていた。

山の中の駅まではあっという間に感じられた。

乗りかえたバスの中でうとうとしているうちに、ようやく終点に着いた。

そこは山間《やまあい》に取り残されたような温泉郷だった。山々の大きさに気が遠くなった。青すぎる空。波のように寄せては返すひぐらしの声。

「足は大丈夫？」

と訊かれたので、私はうんと答えた。移動時間が長かったからか、だいぶ痛みは治まっていた。

白いサンダルで川沿いの木陰を進む。椎名さんが見守るようについていてくれる。

ぴょんと白い影が川の上を飛んで行くのが見えた。

「椎名さん。あれ、鹿の親子！」

私が叫ぶと、彼も、どれどれっ、と前のめりになった。

川のほとりに二匹の鹿がいた。きょとんとした目でこちらを見ている。スレンダーな親鹿に、二回りくらい小さな鹿。

可愛い、と笑うと同時に、鹿は驚いたように跳ねて山を駆け上がった。

「すごい俊敏。初めて野生の鹿を見た」

「僕は二、三回目か。だけどこんなに間近で見たのは初めてだよ」

「前はどこで見たの？」

「四、五年前かな。丹沢《たんざわ》湖に友達夫婦と一緒にキャンプに行く途中で、車の中から。危うく轢《ひ》きそうになって寿命縮まった」

心の中で、そうか、と納得する。夫婦同士の付き合いもきっとあったのだろう。前の奥さんに会ってみたくなった。私の知らない椎名さん。どんな結婚生活だったのだろうと想像しかけたとき
「痛い。足痛い」

と私は眉根を寄せた。

「捻挫したところか？　大丈夫？」

「違う。なんか足の裏に刺さって……いや!!」

サンダルを脱ぐと、捻挫していないほうの足の裏に、茶色い大小三匹の蛭《ひる》が吸い付いていた。慌てて払うものの全然取れない。

椎名さんが素早くしゃがみ込んで強く指で叩くと、ぼろぼろと地面に落ちた。穴の開いた皮膚からだらだらと血が流れる。

「ちょっとどこかに座って。血を出したほうがいい」

私は手頃な石に腰掛けた。椎名さんがぎゅっと傷口を絞って血を出した。

「痛くないか？」

「大丈夫。我慢できないほどじゃない」

「違和感がないなら、牙とかは残ってないとは思うけど。ごめん、とっさに無理やり剝がして」

私は首を横に振った。

「宿に行って手当てしてもらおう」

と椎名さんはふたたび私を抱えて歩き出した。

彼の腕の中で揺られているうちに、遠い記憶が蘇ってきた。

あのときはたしか無理に片足を引きずって歩いた。木の枝に引っかかって転び、脛《すね》が青く腫れ上がって動かせないほどだったけれど、堪えるしかなかった。

離れたところから、くすくすと囁き合う声がした。本当に大げさなんだから。大げさなんだからー。母のスカートを摑んで歌うようにくり返す妹の後ろ姿を、私は途方に暮れて見つめていた。

「椎名さん」

と私は我に返って呼びかけた。

「もう、大丈夫だから。重いでしょう」

椎名さんは明るい笑顔で首を横に振った。

「大丈夫だよ。それに可愛い女の子抱えてるのは、おっさんとしては悪い気しないから」

私は笑った。少しだけ泣きかけたのを隠して。

温泉旅館に入り、フロントにいた従業員に事情を説明すると、すぐに薬やらガーゼやらを持って来てくれた。傷口を手当てして絆創膏《ばんそうこう》を貼り、部屋へと案内してもらった。

昔ながらの畳敷きの客室で一息つくと、椎名さんがお茶を淹《い》れてくれた。静岡のお茶は香りも味も濃い。ごろんと寝転がる。

「ああ、びっくりした。あんなに小さな蛭でも痛いんだね。ハリウッド映画で、巨大な蛭に吸われる場面とか、絶対に今度から直視できない」

「今日の知世ちゃんは災難だったな。ゆっくり休むといいよ。もう移動はないから」

「うん。露天風呂に入って、山女魚食べる。ねえ、椎名さん」

私は目線を上げた。胡坐《あぐら》をかいている椎名さんの脛が視界に入る。

「ん、どうした」

と無造作に訊き返されるときが一番男の人だということを実感する。

「どうしてそんなに優しいの？　さっきも蛭を払ってくれたり」

照れてした質問だったのに、椎名さんはすっと真顔に戻って
「むしろごめん。僕が傷口を触るべきじゃなかった」

と言った。ひどく悲しくなった。

「それなら、この先、私がどんな怪我をしても助けてくれないの？」

反射的に投げ出すように言ったら
「そんなこと言ってないよ」

ふいに厳しく諭された。初めて、理不尽だ、と思った。私のせいじゃないのに。畳から睨み返す。

彼は一度だけ深く息を吐いて、立ち上がった。

「どこ行くの？」

「風呂」

と椎名さんは浴衣とタオルを抱えて出て行ってしまった。これ、もしかして喧嘩だろうか。私は呆然として天井を仰いだ。初めての椎名さんとの喧嘩。蛭に噛まれた足の裏はまだずきずきと痛くて、後を追うこともできない。

座布団に顔を埋めると悲しくなるかと思ったのに、奇妙に胸が高鳴っていた。

運転で飛ばしている最中は素っ気なかった椎名さん。当たり前のように私を抱き上げたときの真顔。怒ったような声。

そうか、と目を閉じて悟る。私は嬉しかったのだ。初めて気を遣わない姿を見せてくれたことが。

そのときスマートフォンが鳴った。手を伸ばして見ると、珍しく妹からのメールだった。

実家にあったカタログギフトを勝手に選んで注文したという内容に凍り付く。

『それって私が、友達の結婚式で帰省したときに忘れていったやつだよね。なんで勝手に送ったの？』

送信した五秒後には返信があった。

『忘れていくほうが悪いんじゃん。お姉ちゃんこそ今日は仕事じゃないの？』

好戦的な目をした妹の顔が浮かぶ。

『今日は普通に休めたから。静岡の温泉にいるけど。』

『は。独身は優雅《ゆうが》でいいね。ちなみにハンドミキサーにしたから。お母さんも、知夏《ちなつ》が育児で足りない物を頼めばいい、て言ってたし。』

反論するのも嫌になって電源ごと切った。

虚《うつ》ろな目で床の間の掛け軸を見ていたら、襖《ふすま》が開いた。

濡れた前髪を上げた椎名さんが立っていた。浴衣越しの肩は尖《とが》っていて広い。

「さっきは、悪かった」

椎名さんはとなりに座り込んだ。胡坐をかこうとして動きかけた腰にしがみ付く。石鹸《せっけん》のいい香りがした。がっしりとした腰骨の感触にほっとする。

「椎名さん、怒らないで」

「怒ったんじゃないんだ。本当にごめん。ただ」

「なに？」

「君を傷つけるのが、怖い」

私は浴衣の衿《えり》を引っ張った。彼は上半身をかがめてキスした。首に絡めていた手を外し、浴衣のふところに滑り込ませる。鎖骨に厚い胸板に肩の骨。どこもがっしり固くてくらくらする。

大きな体にしがみ付くと、椎名さんが私の顔を覗き込んで
「嬉しいけど、知世。どうした？」

と訊いた。首を振る。

彼はもう一度はっきりとした口調で、どうした、と訊いた。

「私の秘密、聞いてくれる？」

頼んだそばから気持ちが崩れそうになった。彼は静かに頷いた。なんでも聞くよ。

「妹からさっきメールが届いて」

と切り出すと、椎名さんが不意を突かれたように、うん、と訊き返した。

「どうしたの」

「いや、そっか。君は妹がいたのか。全然話を聞いたことがなかったから」

言いたくなかったから、と情けない声で答える。

「椎名さん。私は妹が怖いの」

彼はまた意外なことを言われたというふうに、怖い、と復唱した。

「具体的にどんなふうに？」

「昔から仲間はずれをつくるのが好きで、いつも誰かをブスとか汚いとかひどい言い方して笑ってた。嫌なことは私に押し付けて、いつだって勝たないと気が済まなくて。小学生の頃、母と妹と私で山梨の親戚の家に泊まったことがあって。そのときに私が足を怪我して半泣きでいたら、妹が、怪我なんてしてないのに大げさ、て。そうしたら母もからかうように私を笑って。親戚の家でようやく手当てしてもらったときも、知世がはっきり言わないから気付かなかったんだ、て二人で私を責めて。母は妹のほうとずっと仲が良かったから。だから大学に入ってすぐ家を出たんだけど」

「だから、君はそんなにいい子なんだな。やけに優しいし気を遣うと思ってたんだよ」

「抑圧されたいい子でいなかったら、妹とは一つ屋根の下にいられなかったと思う」

大丈夫、と椎名さんが私の背中を撫でた。

「無理しなくたって、なんならもうちょっと悪い子になっても、それはそれで面白いと思うよ」

と言われたので、私は噴き出した。

「余裕だね」

「大人だから」

湯上がりの腕の中は暖かくて、冗談を言い合っているうちに額にうっすらと汗をかいた。強張っていた体が緩んでいくのを感じた。

食事処で、椎名さんと火のついた囲炉裏《いろり》を囲んだ。塩焼きの山女魚を軽く炙《あぶ》る。冷えたビールは火照った体をすっと宥めた。

「美味しい。白い身がほっこり。塩焼きって昔から好き」

と山女魚を食べながら言うと、椎名さんは、そりゃ良かった、と笑った。

「そういえば、いつだったかうちの母親が、川魚なんてなくてもいい、て言うからびっくりした。海の魚にくらべてぴんと来ないって。私は鮎《あゆ》も山女魚も好きだな」

「もしかして、君のお母さんはお酒飲まないんじゃないのかな」

椎名さんが山菜の梅和《うめあ》えをつまみながら訊いた。

「そう。よく分かったね。お酒に強いのは家の中だと、私と父親だけ」

「俺の友達でも下戸《げこ》のやつがいるんだけど、やたらとファミレス好きで。酒に合わせるかどうかで、食の好みってずいぶん変わると思うんだよ」

「それ、下戸で食通の人が聞いたら怒るよ」

と私は笑って言い返した。

食事処は広々としていて、声が明るく響く。となりの席では威勢《いせい》の良い男の子が、お肉焼いてっ、と訴えている。ぱたぱたと行き来する仲居さんの足音。

満腹になって客室に戻った。布団にごろんと寝転がると、目が合った椎名さんと抱き合う間もなく眠りに落ちていた。

明け方、青白い光の中で薄目を開けた。
うん、とうなると同時に、となりの布団にいた椎名さんが寝返りを打った。目がくっきりと開いていたので驚く。
なんとなく声を潜めて
「ずっと、起きてたの？」

と小声で尋ねた。

椎名さんは首を振り、くぐもった声で答えた。

「偶然。俺も今起きた」

俺という一人称に胸が締め付けられた。彼は片手で無造作に顔を擦《こす》った。無精髭の浮いた顎。大きな手のひら。

椎名さんの布団に潜り込むと、抱き寄せられた。着崩れた浴衣越しに触れると、大きな体温のかたまりになった気がした。夜の突発的な発火とは違う。起き抜けの籠った温度。両足の間に椎名さんの膝が入ってくる。強く、しがみ付く。

「して、みる?」

私から尋ねると、彼は少し考えてから、一応準備はしてきたけど、と前置きして
「でも君が怖くなったらすぐにやめるから」

と真顔で念を押した。私は頷いた。

抱き合う間、想像していたよりも、ずっと心が落ち着いていた。静かで幸福だった。不安を覚えてないか、ちゃんと避妊できているか確認し合った。

椎名さんの体は実際に重なると重量感があったし、急に生身になった感じがしたけど、でも怖くはなかった。ＨＩＶのことがあるからよけいに慎重な腕の中で、だけど皆、本当はこ

れくらいに丁寧に触れ合うのが正しいのではないか、とふと考えた。

健康だから。

病気じゃないから。

それだけで人は人の体をびっくりするほど粗雑に扱う。

最後に絞り出すように、知世、と小さく囁いた声が鼓膜《こまく》に残った。

朝風呂に浸《つ》かって、ワンピース姿で脱衣所を出ると、すっきりとしたポロシャツとワークパンツに着替えた椎名さんが休憩用の椅子に腰掛けていた。

「大丈夫？」

「うん」

実際はまだ奇妙な高揚が残っていて、半分くらいは夢の中にいる気がした。

二人で朝日が差す廊下を歩いていたら、椎名さんが短く息を吐いてから、言った。

「良かったら」

「ん？」

「僕と一緒に暮らしてもらえませんか」

顔を上げる。目が合う。優柔不断な影は消えて、意志の据わった瞳が向けられている。とっさに言葉が出た。

「昨日の椎名さんの運転、怖かった」

椎名さんは気まずそうに頬を掻いて、ごめん、と言った。

「もうしません。俺もとなりに人を乗せてるときは、あんなに飛ばすことはめったにないんだけど」

「でも、かっこよかった。一緒に住んで、もっと色んな顔を見たい」

不意を突かれたような椎名さんを残して、私はするりと一足先に朝食の会場に飛び込んだ。

眩しい光。がやがやと喋りながら食事するお客さんたち。白米や味噌汁やコーヒーの湯気。

怖いものはたくさんある。だけど怖かったからこそ救われることもある。

今日はまだ始まったばかりだ。

黒ホッピー、二股、特別じゃない私たち

下町の飲み屋で三宅《みやけ》さんと肩を並べてとろとろの牛筋煮込みを食べていると、世間から変に切り離された感じがする。

こういう関係ってやっぱりいつか終わるんだよね、と言うたびに

「茉奈は根が真面目だからなあ」

て三宅さんがくっきりした笑顔で返して、わたしは内心鼻白《はなじろ》む。

電話がかかってきて彼が席を立ってしまうと、わたしはガタつくテーブルに頬杖をついて黒ホッピーを飲んだ。香ばしいほうが好きだから、いつも白じゃなくて黒を頼む。三宅さんが好きだ。だけどぐるぐる考えていると最後にはきまって嫌いになる。店内の狭いトイレに、おえー、と吐きたくなるほど。

戻って来た三宅さんは、彼女からの電話だったのをあからさまに隠そうとする明るさで、ホッピーお代わりするなら俺も飲もうー、とわたしの肩を抱いた。

平日の五ツ星に、知世が彼氏を連れて来た。

ＷＥＢ関係の仕事だと聞いていたから、帽子に凝《こ》った眼鏡のオジサンを想像していたら、地下の階段を下りてきたのは人の良さそうな男の人だった。

知世とちょっとだけ話してから、テーブル席の向かいに腰掛けて
「はじめまして。椎名といいます。茉奈さんですよね」

と彼は気さくに自己紹介して微笑んだ。目尻に寄った細かい皺は優しげで、美形じゃないけど落ち着いた雰囲気に、わたしは、いいじゃん、と思いながら会釈《えしゃく》した。

「椎名さん。仕事は大丈夫だった？」

「うん。クライアントから背景の色ぜんぶ変えてほしいっていう発注があったから、デザイナーは大変そうだったけど。僕は逆に一段落だよ」

「あの、ＷＥＢってデザインじゃないんですか？」

とわたしがビールグラス片手に尋ねると、彼がすぐに首を横に振って
「いえ、僕は中のほうの人だから」

と答えたので、内心納得した。

椎名さんの服装は茶色いチェックのシャツにベージュ色のチノパン、足元だけ機能性重視のがっしりしたスニーカーだった。小綺麗だけどお洒落と言うほどではない格好は、デザイナーじゃなくてエンジニアという肩書きがしっくりくる。

一時間ほど遅れてやって来た飯田ちゃんは、椎名さんに会うなりテンションを高くして、二言、三言愛想の良い冗談を言った。飯田ちゃんは女同士のときには強気でさばさばした言動が多いけれど、いざ男の人を前にすると業界慣れして気の利いた女に変貌するので、正直ちょっと面食らう。

お世辞と軽口を交ぜた喋りに、椎名さんは軽く笑ってから、明日ちょっと朝一でミーティングだからそろそろ失礼するよ、と席を立った。

知世も一緒に帰るというので、席に座ったまま手を振った。

二人きりになると、カウンター席に移動した飯田ちゃんが開口一番に

「知世の彼、セックス上手そう」

と言った。

「うそ、全然分かんなかった」

わたしはジントニックを呷《あお》りながら言った。中途半端に酔った頭を起こすように、ライムの香りが突き抜ける。

「年上で、バツイチで、あの年齢で若い女と付き合ってるのにがつがつしてなくて、自分よりも他人優先っぽい性格は絶対にセックス上手いと思う」

「ふうん。今度、知世に訊いてみよう」

「幸せそうだったね。いい人だったし、良かった」

そうだね、と相槌を打ちながらも、なにか物足りなさを感じて
「結婚するつもりなのかな。知世」

とわたしが呟いたら、飯田ちゃんも乗っかってきて、いやあ、と険しい顔をした。

「それは、どうだろうね」

「なんか持病があるとか言ってたよね。それで、あの年齢差だと色々考えない？」

「正直、現実的に結婚するとなると厳しいねー」

「そもそも知世って子供欲しいんだっけ？」

とわたしはふと疑問に思って、訊いた。

「分かんない、聞いたことない。あの子も意外とワーカホリックなところあるし。そもそも自分のこと喋らないから」

「そう、大学のときからの付き合いなのに知らないこと多いよね。あの態度のでかい妹は先に結婚したんだっけ？」

「あー、あの子ね。一度だけ実家に遊びに行ったときにさあ、びっくりしたよね。うちらのお土産のお菓子を目の前で開けて、こっちには一切よこさないで、そのとき遊びに来てた自分の彼氏と全部食べたんだよね」

わたしは、そうそう、と強く相槌を打った。知世の妹は手のひらで潰《つぶ》したような丸顔で、そのわりに自己評価が妙に高くて、濃い睫《まつげ》に大量の負けん気をぶらさげていた。

わたしたちの話を勝手にとなりで聞きながら
「まあ、お姉ちゃんだったらそういう目にあっても仕方ないんじゃん」

となにかにつけて口を挟むので、内心イライラした。そんな言い方しなくてもいいでしょう、とくり返すばかりでちっとも怒らない知世にも。

「じゃあ、私もそろそろ行くか」

飯田ちゃんがマティーニを一杯飲んだだけで言ったので、我に返った。

「なんで。明日早いの?」

「明日、表参道のギャラリーに行くんだよね。今度、雑誌で特集する女性アーティストに挨拶がてら。作品集とか送ってもらったんだけど、まだぜんぶ目を通してないから」

わたしはぼんやりと、ギャラリーとかアーティストという単語を脳内で並べた。

カウンターの隅のメニューがことりと倒れたので、手を伸ばして立てながら
「ギャラリー、一緒に行ってもいい?」

と訊いたら、飯田ちゃんはびっくりしたように、茉奈ってそういうの興味あったの、と訊き返した。

「うん、最近ね。お邪魔だったら遠慮するけど」

「いいよ。お客さんは多いほうが嬉しいだろうし。ちょっと挨拶でばたばたするかもだけど。でも茉奈が行きたいって言い出すなんて意外」

と飯田ちゃんが返したので、わたしは曖昧に笑ってごまかした。

半乾きの髪でTシャツが濡れないように首にタオルを掛け、スマートフォンから三宅さんの彼女のブログをチェックする。

三宅さんから返信が途切れた土曜日の朝から、二人で京都に行っていたという日記が綴られていた。

『嵐山、古都の風情《ふぜい》が未だに残っていて、いつか老夫婦になったら住みたいです。』

という一文に白けてスマートフォンを投げた。

鏡の前でシートパックしながらドライヤーの強風を浴びていると、身も心もおばけになった気がした。

秘密の関係って、と呟く。つまりはこの世に存在しないっていう意味じゃないだろうか。

古都。風情。どちらも三宅さんの口からは絶対に出ない単語だ。

ベッドに倒れ込む。イヤホンを繋いでYouTubeのPVをくり返し観たけれど気は晴れなかった。まぶたに海辺の記憶が揺れる。

彼女には実家に帰省すると嘘をついて、お盆休みに三宅さんと西伊豆に一泊旅行した。

西伊豆は波が穏やかで透明で、筋肉質な三宅さんは派手な海水パンツがよく似合っていて、日差しの中ではしゃぐ笑顔にくらくらした。

ビーチでビールを飲んでイカ焼きを食べて、沖まで泳ぎに出て。

旅館では船盛り付きの夕飯が出て、海が一望できる温泉に浸かってから、布団で抱き合った。力任せにされると日焼けした肌が痛んだ。和室は真っ暗で、海の底みたいだった。

セックスが終わって、寝転がったまま缶ビールを掴んだわたしの手を
「茉奈って、爪とか綺麗にしてるよな。肌もつやつやだし」

と彼が感心したように誉めた。嬉しくなって訊いた。

「彼女はネイルとかしないの？」

三宅さんは苦笑して首を横に振ると
「でも毎日食卓に違う花が飾ってあんだよね」

と言った。

わたしはきょとんとして、花、とくり返した。

「そう。化粧気もないしネイルもしないけど、毎日花は替えるんだよ。それで、花の飾れる

生活っていいよね、て俺に言うんだけどさ、あれでしょう、花ってけっこう高いよね」

そうかもね、と曖昧に答える。年に一回、母の日にカーネーションを買う以外では花屋に足を踏み入れない。

「彼女、お嬢だからさあ。横浜にデカい実家があって。そういうふうに家庭環境が違うのって、やっぱり長くは続かないと思うんだよ、たとえば結婚したとしても。だから俺もそろそろ考えないとなあ、て思ってるんだけど」

わたしは、そうなんだー、と気軽に相槌を打ったものの、内心は驚いていた。

彼がたたみかけるように

「な、今度は大阪でも行かない？　まだ暑いから、そうだなあ、秋になったら。串揚げ食ってホッピー飲もう。営業の同期が鶴橋《つるはし》の焼肉屋もおすすめだって」

と言ったので、もしかして本気で彼女と別れようとしているのかもしれない、と察した。

三宅さんの彼女は、美術館の学芸員をしているという。美術館で監視してるだけの仕事だ。にもかかわらず

「なんか倍率すごいらしいよ、学芸員って。ほら、美術館って数かぎられてるから」

と説明したときの三宅さんがほんの少し得意げだったのが頭にきて、ふうん、と素っ気なく受け流した。

三宅さんは文化のぶの字もない体育会系の営業マンだから、古都とか風情とか言えちゃう彼女が自慢なのかもしれない。でも、いざ結婚して暮らしていくとなれば上手くいかないことも薄々悟っている。

それなのにどうしてわたしを選ばないのか、その理由だけが分からない。

「藤島《ふじしま》さん、お茶淹れてくれる?」

部長から声をかけられて、わたしは反射的に、はーい、と答えて入力作業を中断して立ち上がった。

そのまま後輩の花村《はなむら》さんの後ろを通り過ぎて給湯室に向かった。

ポットから熱湯を出しているときに、三宅さんがやって来た。

「あ、どうもおつかれさまです」

と微笑むと、三宅さんは、俺もください、と人懐こく湯呑《ゆの》みを出した。一人だけ丁寧に淹れてあげると、彼は立ったままお茶を啜《すす》って

「お、美味い。だから新人の子がいても、皆、藤島さんに頼んじゃうのかな」

となにげなく言った。わたしは一瞬だけ押し黙ってから、すぐに繕《つくろ》うように

「ありがとうございます。やった」

と大げさにはしゃいでみせた。

　三宅さんがさっと廊下を確認してから、わたしの頭に素早く手を置く。

「今夜って飯食える？」

　誘いに飛びつきたい気持ちを堪えて、わたしは澄まして答えた。

「ごめん。今日はライターの女友達と表参道のギャラリーに行くから」

　三宅さんは不意を突かれたように、へえ、と目を丸くした。

「そんなの見に行くんだ。どんな展示なの。写真？　それとも絵？」

　予想外に食いつかれて動揺した。メールで感想送るから、とごまかすと、楽しみにしてる、と三宅さんは答えてから小声で
「大阪もそろそろ予定立てような」

と囁いたので、すっかり浮かれた気持ちになって頷いた。

　淡い闇の落ちた表参道ヒルズの前で、飯田ちゃんは待っていた。ストライプのワイドパンツに白いTシャツにカーキ色のジャケット。ピンク色のサンローランのバッグを肩に掛けて、ヒールを履いた足で
「じゃあ、行こうか」

と表参道ヒルズの裏の坂道を迷うことなく歩き出した。慌てて後を追う。

コンクリート打ちっぱなしのビルの一室で、わたしは極彩色の絵画を前にして困惑した。ピカソが手抜きして描いたような女体は趣味の悪い色に塗りたくられて、男らしき裸と絡まり合ったり噛みついたりしていた。

たまりかねて、会場をうろついている飯田ちゃんに近付いて囁いた。

「なんであの絵って乳首から光線みたいなの出てんの？　まさかセクシービーム？」

飯田ちゃんがしっと目配せすると同時に奥の扉が開いて、モデルと見紛う長身の女性が来た。真っ赤なワンピースに黒いジャケットを羽織り、露骨《ろこつ》に谷間を見せている。

「きゃー、飯田さん。来てくれたんだあ。嬉しい」

とあげた声の感じはそこまで若くなかった。それでもまわりの男性客たちは嬉しそうに振り向いた。

「お久しぶりです！　展示、すごい素敵ですね。どの作品も真紀《まき》さんの個性が出ていて、この絵なんて同性の私までドキドキしちゃいました」

「ほんと？　嬉しいー。この絵の女の胸だけは、実際に私の胸と同じなの。魚拓みたいな感じで、キャンバスにそのまま、がばって」

「うそ、すごーい。大胆ですね。そんな手法で描かれたの初めて見ました」

飯田ちゃんは目を輝かせて壁の絵へと視線を戻した。さっきまで獲物《えもの》が不味《まず》くて不機嫌な豹《ひょう》みたいな目をしてたくせに。

飯田ちゃんたちがずっと喋っているので、先に帰ることを告げて、ギャラリーの階段を逃げるように下りた。こんなことなら見栄張らずに三宅さんとご飯に行けばよかった、と悔やむ。

万が一の可能性にかけてメールを送ると、帰りにとんかつ食って帰ったから、という素っ気ない返事だった。

『美味かったから、今度一緒に行こうよ。』

という文面を電車に揺られながら見つめる。

地下鉄の窓ガラスに映った顔は陰影ばかり濃い。そこまで若くもなければ胸もない事務職の女子が暗い顔をしているのだから悲惨だ。

目が疲れた、と思いながらも指が勝手に検索を始める。彼女の日記はまだ更新されていない。小さな画面を目で追っているうちに頭痛がしてきた。

翌日の明け方にベッドで目を開けると、ぐらりと青白い天井がまわった。

最近入力作業が多かったからな、と目を閉じて思う。めまいがおさまったので、枕元に手を伸ばしてスマートフォンで時間を確認した。ついでに検索を始めると、昨夜の食卓の写真がアップされていた。

二皿分のビーフストロガノフにかっと頭に血がのぼる。私の誘いはとんかつ食べたからって断ったくせに。猛烈に腹が立ってくると頭が痛んだ。ようやく具合が悪かったことを思い出して、にわかに呆然とする。

病んでる。わたし。

自覚すると同時に天井が遠ざかっていき、結局その日は会社を休んだ。

「藤島様は、どうして今までご結婚する機会に恵まれなかったと思いますか?」

ほうれい線を浮き上がらせて微笑む吾妻《あづま》さんは、よどみなく質問した。

「えっと、あの、会社での仕事が事務なので出会いもないし、合コンはあんまり好きじゃないので、積極的に出会いを求めてこなかったせいだと思います」

と自分なりに考えて説明すると、吾妻さんはやはり笑みを絶やさずに、違います、と一刀両断した。

結婚相談所という看板を掲げたオフィスビルの一室にくっきりした声がこだまする。

「一言で申し上げると、高望み、なんです」

しばらくなにを言われたか理解できずに、パンフレットを握りしめたまま黙った。

「藤島様の理想は、誠実で安定した年収があり、とびぬけて美形ではなくても男性としての魅力を備えた外見で、清潔で食の好き嫌いがない方、ということでしたね」

「そうです。そこまで理想が高いとは思わないんですけど」

「高いです」

と即答されたので、わたしは食い下がった。

「でも、誠実さと年収がないと、結婚は続かないと思います」

「誠実で穏やかだけど結婚できない独身男性の多くは、男性的な魅力は備えておりません。逆に魅力的な男性は、焦って結婚せずとも独身を謳歌《おうか》して複数の女性との交際を楽しんでいます」

胃に包丁を突き立てられてぐりぐりと押し込まれたような痛みが走る。なんとか呼吸しながら、そうですか、と負け惜しみのように呟く。

「でも、不潔で食べ物の好き嫌いが多いって、もはや人間としても好きになれないし」

「藤島様がおっしゃる清潔は、実際に入浴している回数ではなく、適度に流行を反映した服装で、かつ定期的に美容院に通って髪型に気を遣っている、という意味ですよね？　それなら、そんな男性は結婚相談所には来ません」

頭から湯気が出そうなほど的確な指摘に、ぐうの音も出なかった。

「もう一度言います。服装や髪型に気を遣っていて魅力的な男性は、奥様がいてお世話をしてもらっているか、女性に不自由してないから相談所には来ないかのどちらかです。あるいはそういう男性はすごく高い条件を求めてきます」

大学のキャンパスを歩いていた頃には、外見がそれなりに整っていて性格もいい男の子なんて溢れていた。社会人になってわずか数年でどこへ行ってしまったのだろう。ハーメルンの笛吹男にでも連れ去られたんじゃないかと本気で訝《いぶか》しんでいると

「でも大丈夫ですよ。会員数が業界トップを誇る我が社でしたら、きっと藤島様にぴったりのお相手に出会えます。私も全力でサポートしますから」

と力強く言われた。

わたしは、よろしくお願いします、と頭を下げた。入会金に十万も払ったんだから全力を尽くしてもらわなければ困る。

結婚相談所の出入り口の自動ドアが開くときには、だいぶ清々しい気持ちになっていた。あんな二股男とは縁を切って素晴らしい出会いへと踏み出すんだ、と地面を新品のスウェードのパンプスで強く蹴った。

「残念ですが、今回はご縁がなかったみたいですね」

と吾妻さんに告げられて、わたしは両膝に手を置いたまま絶句した。

三日前の喫茶店でのやりとりを回想する。

遅刻せずに着いて、ちゃんと挨拶をして。ニットのアンサンブルに膝丈のタイトスカート。笑顔が素敵ですね、と誉めたスーツ姿のサラリーマンは三歳年上で垂れ目で色白で痩せ型の、本当にどこにでもいる男性だった。

一時間喋って、最近公開したばかりの漫画原作の映画が観たいという話で一致して……当然、次のデートは確定したものだと思っていた。

「次の方を紹介する前に、藤島様のご希望をあらためて」

「あの、ちなみに」

と顔を上げて、ようやく口を開いた。

はい、と訊き返した吾妻さんの耳には時代遅れの巨大なイヤリングが輝いている。でもこの人って結婚してて子供もいるんだよな……と薄ぼんやり考える。

「断られた理由を教えてもらえますか。今後のために」

「生活観の不一致だそうです」

いつになく穏やかな言い方をされて、わたしはつい苛立って言葉を重ねた。

「でも、生活観って一時間話しただけで分かるものですか。全然思い当たるふしが」

「詳しくお話ししたほうがいいですか？」

吾妻さんはあくまで上品な口調を崩さずに訊いた。

はい、と深く頷く。なにも言わずにサヨウナラでは十万円払った意味がない。

「具体的に申し上げると……不満の多い言動が気になった、とおっしゃっていました」

「不満？」

と予想外の回答に、わたしは眉を寄せた。

「不満なんて言ってないですよ」

「そういうふうに受け取られてしまったみたいですね。そんなつもりはなくても、ちょっとした表情や言い方で誤解されてしまうことはありますよ」

「だからって」

と首を傾げながらも、手のひらに嫌な汗が滲んできた。

そうだ、就活に似てるんだ、と思った。一方的に結果だけが送りつけられてくる。やってもやってもダメで答えがなくて次第に人格まで否定されていく感じ。それで疲弊して、ようやく引っかかった今の会社の事務に落ち着いて

——本当はアパレル系の会社でデザインとかやりたかったんですよね。

——今からでも挑戦されたらいかがですか？

——まさか。アパレルなんて若くて可愛い子だらけですもん。今さら転職なんて絶対無理ですよー。

あれか。

あれ、だけのことで。

「ご納得いただけましたか？」

吾妻さんの声で我に返ったわたしは、紙コップの冷たいお茶を一口飲んだ。

「まだ会ったのは、おひとりですから」

頷く。そうだ、まだ一人目なんだから。結婚したら毎日顔を合わせるのだから、ちょっと話してすぐに判断するような男とはどうせ長く続かない。

わたしは次に会う相手を決めて、結婚相談所を出た。この前はあんなに軽かった足取りが、鉛《なまり》と枷《かせ》を付けられたように重たかった。

店内に入って来た大柄な男を見た瞬間、だめだ、とわたしは瞬時に悟った。

「いやあ、どうもどうも。お待たせしましたか？」

と笑顔を大量に放出した男は頭を掻いてから、黒いジャケットをがばっと脱いだ。それから

同じような荒さでばさっとメニューを開くと
「僕、ホットコーヒーにしますよ。すみませんっ」

すぐに店員を呼びつけたので、わたしは慌ててメニューに視線を落とした。

ホットコーヒーとアイスティーが運ばれてくると、会話が始まった。

「そうなんですよ。来年にはうちの会社、一部上場するって言ってるんで。そうしたら一応、僕が役員としてがんばらないといけないわけで。いつまでも独身だと健康にも悪いでしょう。茉奈さんはまだご実家でしたっけ？」

と訊き返されて、首を振る。下の名前を覚えていてくれたのは好感触。だけど、とじっと顔を見る。

お酒焼けした赤茶色の顔で、間近に見ると目も鼻も濃すぎる。シャツはなぜかピンク色のストライプ。シャツ越しでも分かるくらいに鍛えた上半身が生々しい。

「実家は栃木なので、今は一人暮らしです」

「ああ、そう。えらいですねー。東京は家賃も高いし。じゃあ自炊なんかは？」

「一応。和食よりも、パスタとか洋食のほうが好きですけど」

「ふうん、でもそんなに作れるなら困らないね。ね、いいね」

と面接官のごとく微笑まれて、どうしてわたしが選ばれる側にまわってるんだろう、と困惑した。いくらこのご時世にしては年収が高いとはいえ、こんなくすんだ中年に。

「ご趣味は海外旅行、でしたよね。プロフィールに書いてあったの」

「あ？　そう、そう。まあ、ヨーロッパ圏ばっかりですけどね。イタリアとか。たまにまとめて休み取れると行くんですよ。地中海料理は最高ですよ。むこうは景色もいいし。海を見ながら本場のボンゴレ食べて、ワイン飲んで」

その話には正直ぐらっときた。同世代の三宅さんなんかには死んでもできない自慢だ。だけど美しい日差しの下で、いくらワインで酔っ払っているとはいえ、この人とセックスできるのだろうか。ホテルの部屋が豪華なら豪華なほど、落差でつらくならないだろうか。

そんな想像を巡らせていたとき、彼のほうから
「お付き合いしている彼はいなかったんですか？」

と質問された。

わたしはとっさに、会社の先輩と付き合ってたんですけど、と答えた。嘘はついていない。

「ちょっと、最近別れてしまって」

「そうなんですか。大変でしたねー。僕も数年おきに彼女はいたんだけど。なんていうか男がお金持ってると、女の子ってわがままになるでしょう。手に負えなくなっちゃってね」

わたしは愕然として言葉をなくした。

今、わたしの前でそれを言っちゃうの。

そして悟る。一つでもだめなのだ、と。出会ったばかりの一時間で一つでも引っかかったら、巨大な不一致なのだと。

それから海外旅行や休日の過ごし方の話が続いた。正直、家族観を語り合ったり将来設計をすり合わせるだけの会話よりは面白かった。

だけどわたしはその晩のうちに、吾妻さんに断ってほしい旨をメールした。

疲れ切ってベッドに潜り込んだ後も不快感は消えなかった。

別れた理由をお金と女のわがままだけに集約する男とは、どんなに贅沢できても付き合えない。そう憤《いきどお》っているうちに三宅さんが懐かしくなってしまって、今どうしてる、とメールしてみた。だけど十時過ぎると家に帰ってしまうので返事はなかった。

明け方、牧場にひとりぼっちでいたら山羊の群れに襲われて、角でぐさぐさ突っつかれる夢を見て目が覚めた。

ぼんやりしながら、気付いたらまた彼女のブログを検索していた。

凝った手料理がアップされていて、この子って写真アップするためにこんなお洒落料理ばかり作ってるんじゃないか、と悪態をついた瞬間、自己嫌悪が跳ね返ってきた。

可哀想な彼女。彼の浮気相手にブログを見物されているなんて想像もしていないだろう。

そんな浮気男に翻弄されて結婚相談所に通うわたしも、可哀想。

可哀想な女を二人作ることが恋や愛だというのなら、もう誰とも一生付き合わなくていいんじゃないかとさえ考えながら、のろのろと起き上がって会社に行くためにクローゼットを開けた。

土曜日の夕方、長い坂を上がって息切れしながら目的のマンションにたどり着いた。メールで送られてきた住所を確かめてから、エレベーターに乗る。最上階の廊下の突き当たりのドアの前に立つ。

出迎えた知世はゆるいニットにジーンズという格好だった。リラックスした服装に、彼氏との距離の近さを感じた。

「急に電話しちゃってごめん、彼氏の家にいると思わなくて」

と手土産のタルトの紙袋を渡すと、知世は嬉しそうに笑って、全然、と首を横に振った。

「むしろ椎名さんが鯛《たい》めし作るって意気込んでたから。二人だと食べ切れないからちょうど良かった」

わたしは、そう、と相槌を打ちながらも、鯛めしという言葉のインパクトに打ちのめされていた。

玄関に並んだスニーカーと革靴を見て、知らない男の人の家に来たことを実感した。三宅さんの家にはきっと一生遊びに行くことがないんだな、という考えがよぎって、嫌な気分になる。

リビングは広くて、カウンターキッチンからは湯気が立っていた。パクチーだ、と独特の匂いを嗅ぎ取る。

椎名さんがまな板から顔を上げて、いらっしゃい、と微笑んだ。

「いま生春巻き作ってるから」

とさらっと言って、海老やモヤシをのせた薄いライスペーパーをくるくる巻いた。

「椎名さん、パクチー苦手だったのに、最近すっかりハマってるね」

と知世が説明するように言った。私は室内を見渡す。

大きなテレビ、すっきりとしたベージュ色のソファーに無地の茶色いラグ。清潔感のあるインテリア。思わず結婚相談所で挙げた条件を思い出す。開けたブラインドの向こうには、東京の夜景が淡く滲んでいる。

どうして、と心の中で呟く。

どうしてわたしはこういう人に愛されていないのだろう。知世はたしかにいい子だからおじさんに好かれるのは分かる。ちゃんとした彼氏だったなら、三宅さんのほうがかっこいい。

でも。でも。

「おまたせ。飯炊けたよ」

と椎名さんが声をかけて、ダイニングテーブルに黒い土鍋ごと運んだ。

蓋を開けると、ほっこりした湯気の向こうに鯛めしが現れた。美味しそうな匂いでお腹が鳴った。

鯛めしに三つ葉を飾って食べると、塩気が優しくて、いくらでも食べられそうだ。冷えた日本酒に、生春巻きにタコとトマトのサラダ、筑前煮も出てきた。美味しい、と声に出すと、椎名さんは、ビールもあるよ、と冷蔵庫からお洒落な外国ビールを出した。

とてもじゃないけれど結婚相談所の愚痴なんて言えない、と思った直後に
「そういえば茉奈、なにか相談があったんだよね？」

と知世が人の良い笑顔を向けた。わたしは口を開きかけて、訊いた。

「それよりトイレ借りていい？」

「ああ、どうぞ。そちらの廊下の右手のドアだから」

はーい、と答えて、わたしは廊下に出た。

目についたドアノブに手を掛けて開くと、暗いベッドルームが現れた。間違えた、と気付いたものの、つい観察してしまう。

セミダブルのベッドに本棚に間接照明。いい部屋だなー、と思っていたら、並んでいた本に視線が吸い込まれた。HIV、という単語がやけに多いことに気付く。

どうして、こんなところに、こんな本が何冊も。

いそいでトイレに行って戻ると、知世は椎名さんと楽しげに喋っていた。まさか、そんなわけない、と頭の中で否定する。こんなに普通に仲良くしている二人が、そんな問題を抱えているはずがない。

しばらく談笑しているうちに、ビールがなくなった。椎名さんが立ち上がり
「僕はもう飲まないけど、二人とも、まだいけそうだから買ってくるよ」

とさらりと言って、ジャンパーを羽織った。

知世と急に二人きりになって、しばらく会話が途切れた。ブラインド越しの闇と夜景はいっそうコントラストが強くなっていた。

「茉奈、今日は口数少ないね。なにか嫌なことでもあったの？」

知世が缶ビール片手に訊いた。

わたしは曖昧に笑ってから、酔いにまかせて
「ね、椎名さんって一見すごい健康そうだけど、体調はどう？　お酒控えてるみたいだし、もしかして肝臓が悪いとか」

と質問してみた。知世の表情がさっと陰る。

「いやね、じつはわたしさ、最近、結婚相談所に登録したんだよねー。でも、なかなか上手くいかなくて。知世たちみたいにごく自然に出会って好きになれば、べつにもっと色々許容できるんだろうけど、機械的に一時間喋っただけで判断するとか、なんかどうしても嫌なところだけ見えちゃって」

「許容、できないこともあるけどね。でも結局は一緒にいて自分らしくいられるかどうか、かなあ」

「許容できないことって？」

思わず真剣に尋ねると、知世がじっとわたしの顔を見つめた。

「茉奈、なにか見たの？」

と訊き返されて動揺する。

「見たってなにを？」

「なにか、を」

足の裏に虫が這《は》っているようなもどかしさを感じて、掻きむしるように言ってしまった。

「見た。寝室とトイレを、間違えて。本当に、ごめん。だけど、まさかと思って」

知世が困ったように、そのまさかだよ、と答えたので、ふたたび目の前が白くなる。とっさに玄関を上がってから食事を終えるまでの自分を回想した。触ったくらいならうつらないんだっけ、と焦って考えた自分が嫌になり、呆然とする。

ああ、やっぱり結婚なんてわたしには一生無理。

だけど気まずそうに押し黙る知世の顔を見ていたら、自分を棚に上げて訴えていた。

「たしかに、いい人だよ。それに事情も知らないけど……だからってＨＩＶとか一緒に背負うことないよ。知世はわたしとは違って今までも彼氏とかけっこういたじゃん。ほかにもいい人いるって」

「いないよ」

知世は静かな声で答えた。

「なに一つ特別じゃない私の話をいつまでも飽きずに聞いてくれて、真剣に心配したり、絶対に傷つける言葉を使わずにアドバイスをくれたり。旅行すれば、楽しくて、なにを食べても二人一緒なら美味しい。初めてだったよ。そんな人」

わたしはなにも言えなかった。

心のうちでは未だに動揺が渦巻いていたけれど、これ以上、騒ぎ立てて知世を追い詰めるのはやめようと思った。わたしなんかの何十倍も真剣に思い詰めたり悩んだりしたはずだから。

「そっか。でも知世……水臭いよ。たしかにべらべら喋ることじゃないけど、一人で抱えて大変だったでしょう。もっと相談してよ」

と伝えたら、知世はやっと少し安心したように笑って頷いた。

あんな二股男相手に思い詰めていた自分があまりに下らなくて情けなくなっていたら、玄関のドアが開いて椎名さんが帰って来た。

人の良さそうな笑みを浮かべて出したビールを、わたしは受け取ってプルタブを引いた。少しだけ緊張しながら飲んだビールは高いやつで美味しかった。

バッグの中でスマートフォンがふるえたので、現実にかえった。取り出してメールを読み、あっけに取られる。

『ごめん。飼ってる犬が病気にかかっちゃって。しばらく泊まりで出かけるのは難しいかも。』

いぬ、と口の中で呟く。そんなの三宅さんがいなくたって留守番してる彼女が面倒を見るだろうに。

とっさに勘《かん》が働いて彼女のブログを開いた。

『ひさしぶりに実家に帰ったら、すごく熟睡できた。彼はお父さんの命令で庭の草むしり。可哀想だから助け舟を出してあげて、午後から港の見える丘公園を散歩した。なんだか高校生みたいに。』

じっか、とわたしはあほみたいに呟いた。二人で実家に帰省。それって、と停止しかけた頭で現実を処理する。

状況を理解した途端、大声で笑い出しそうになった。あまりの自分の勘違いぶりに。

なにが、彼女も可哀想、だろう。

自分と彼女を対等だと思っていたのだ。どちらも同じくらい好きだから選べないのだと。

彼にとっては難しい二択なのだと。

そんな男と別れるためだけに結婚したがってる女なんて、逆の立場だったら絶対にごめんだ。元カノがワガママだと言い切る男とどっこいどっこいすぎる。

知世と椎名さんがSL列車に乗った話を楽しそうにしていた。蛭に嚙まれたけど、炭火焼の牛肉が美味しかったことを。

薄々分かっていた。年収じゃない。顔でもない。いや、外見はちょっと大事だけど、それよりも必要なもの。

それはなに一つ特別じゃないわたしと向き合ってくれる、関心と愛情。

「そういえば、さっき結婚相談所って言ってたけど、いい相手いた?」

と知世が思い出したように訊いたので、わたしは、ううん、と答えた。

「十万円払ったんだけどね」

とやさぐれて呟くと
「へっ？」

驚いたように訊き返した知世に、わたしは満を持して喋り始めた。

終電で帰って来てお風呂から上がっても、つま先が冷えていた。分厚い靴下を穿いて台所に立つ。

ひとりきりの部屋に、お湯の沸く音が静かに響く。

物語だったら、と考える。ようやく目が覚めたわたしは、明日から思い切って転職したり、新しく素敵な男子と出会って胸ときめかせたりするのだろう。

だけど新しい展開が訪れたって、翌日にはきっといつも通りの不安と不満の多いわたしがいる。

マグカップにお湯を注ぐ。甘いココアで胃が熱くなったら、ちょっとだけ涙が浮かんだ。

がんばったよ。

あんな不毛な恋愛しながら、毎日会社に通って、笑ってお茶汲《く》んで入力作業して。

なに一つ特別じゃないわたしだって一生懸命がんばっていて、世界の本当に端っこで一ミりくらいは役に立っている。

そのことを大事に扱っていないのはわたし自身だった。十万円で赤の他人がなにもかも変えてくれることを期待するくらいに。

マグカップが空になると、台所に立ったまま歯を磨いた。うがいをすると、小さな鯛の小骨が奥歯から取れた。

日曜日のお好み焼き、
紅葉、夫婦だった

Ｓ Ｌ列車に乗ってから、しばらくは夏と旅の高揚感でなにもかもが眩しく見えた。漢字じゃなくてひらがなで、こうふく、と書きたくなるような日々。

週末には椎名さんの部屋の片付けを手伝って、私のための棚や食器を探して雑誌を捲った。

でも。

一週間、二週間と時間が経《た》つにつれて、頭の隅にある不安が大きくなった。

椎名さんが眠った後、一人でベランダへ出た。暗い空に鮮明な星が光っていた。街の明かりが遠くて、すごく違うところへ来てしまった気がした。冷えていく体に何度も深呼吸して空気を流し込んだ。

日曜日の朝に目覚めると、ベッドは空っぽだった。壁の時計は九時を指している。

目をこすりながら起きていくと、椎名さんが浴室から出てきたところだった。

「おはよう。ちょっと走ってきた」

そう言って、白いＴシャツに濡れた髪のままお湯を沸かしてコーヒーを淹れた。

お昼近くになるまで、ソファーで飯田ちゃんに借りたエッセイ漫画をくすくす笑いながら

読んでいると
「知世。昼は僕がなんか作ろうか」

と椎名さんが言った。私は漫画から顔を上げて、いいの、と訊いた。

「うん。適当でもいいなら」

「もちろん。嬉しい」

と私は答えた。

椎名さんはぱっとジャンパーを羽織って出て行くと、しばらくしてスーパーの袋を手にして帰ってきた。ビニール越しに豚バラ肉のパックとビールが透けている。

台所で下準備を終えてから、おもむろに上の棚に手を伸ばして、大きな箱を取り出した。

「じゃあ、始めるか」

と椎名さんがダイニングテーブルに出したのはホットプレートだった。

ボウルに作ったお好み焼きのたねを器用に流し込んでいく。湯気と油のぱちぱち跳ねる音。豚バラ肉を敷いて、カリカリに焼く。もう一枚には切ったお餅や明太子をのせて。軽く焦げた匂いが食欲を刺激する。冷えた缶ビールも出てきた。

「世界一、贅沢な酒だな。日曜の昼間のビールって」

と椎名さんがプルタブを引きながら言った。私もごくりと飲む。

「ほら、焼けたぞ」

と椎名さんがお皿にのせてくれた。ソースやマヨネーズを好きにかける。表面はカリカリで、齧るとお餅がとろけた。甘酸っぱくて親しみやすいソースの味。

「縁日の十倍美味しい」

と私は言った。

ベランダの向こうはすっかり秋晴れだった。軽く酔った目にはなにもかも青く映る。

「この前、茉奈さんが遊びに来たときは二人ともよく飲んでたなあ。彼女、面白い子だったね。私はアドバイザーの上から目線に付き合うために十万払ったんじゃない！　て叫んでたのとか」

笑いながらも、この不安はあのとき始まったものじゃないかと気付いた。茉奈の驚いた顔。遠慮している気配。励ましてくれたけど、お互いに一番言いたいことは飲み込んだ感触が残っていた。

「椎名さん、ホットプレートなんて持ってたんだね」

と私は話題を変えた。

「ああ。新婚のときにはたまに人を呼んで使ってたよ。いいかげん処分しようか迷ってたけど」

　私は、もったいないよ、と笑った。そうかな、と椎名さんが訊き返した。

「だってまた、こうして使うかも、しれないし」

と言いかけて、彼が優しい目をしていることに気付く。

「まだ、ちょっと早かったな」

「なにが」

と言ったけど、内心ではまた先回りされてしまったと思った。

「一緒に暮らすとか。ごめん。あんまり旅行が楽しかったから、つい口走ったんだよな」

　椎名さんは顔を片手でごしごし擦った。本当にこの人は、と思った。優しくて気遣いばかりで、臆病《おくびょう》。

「しかも、新婚、とかついうっかり言っちゃうし。僕は変なところで無神経なんだよな」

「結婚してたときの話はむしろ知りたい。ほかの女の人とはどんな感じだったんだろう、とか」

「うーん。まあ、今とあんまり変わらないとは思うけど、やっぱり知世といるほうが自分にも余裕があると思うよ」

「余裕？」

　椎名さんは頷きながら、ホットプレートの上のお好み焼きをヘラでひっくり返した。

「ちゃんと年上でいられる、ていう意味で。前の奥さんは年齢が近かったからなあ。今でも時々メールのやりとりくらいはするけど。仕事の相談とか、好きなジャズピアニストの新作の話とか。そういう意味では気は合ってたと思うよ」

「今も会ったりはする？　変な意味じゃなくて」

椎名さんは、最近は全然、とあっさり首を振った。

「一人のときは飯ぐらいなら食ってたけどね。知世と会い始めて、むこうにも恋人ができてからは」

とろとろとした気分で缶ビールを片手に相槌を打つ。こんなに高台でも、窓の外からは鳥の鳴く声がした。

「会ってみたいな」

と声に出してみて自分でびっくりした。椎名さんも驚いたように、え、と訊き返した。その反応はなんだか可愛かった。

「本当に？」

「うん。でも、変だよね」

「いや……まあ、事情を話せば会ってはくれるだろうと思うけど。さばさばした人だし。うーん。でも、どうだろう」

と真剣に腕組みする姿を眺めた。一緒に買い物に行ったときに私が選んだグレーのシャツのストライプは、椎名さんの穏やかな雰囲気を適度に引き締めている。

やっぱりいいよ、と言いかけた瞬間に
「分かった」

と言われて、今度は私が怯《ひる》む番だった。

「あの、でも本当に無理だったら」

「大丈夫。本当にもう友人になったわけだし」

缶ビールには水滴がついていて、お好み焼きは半分も食べるとお腹いっぱいになってしまった。もったいないので、お餅や明太子をそのまま焼いてちびちび食べた。前の奥さんと会う。前の奥さんと会う。そのことだけが頭の中をぐるぐると回っていた。


上野公園の裏にあるスペイン料理屋で会う約束をした。

扉を押すと、赤いチェックのクロスが敷かれたテーブルが二つ並んでいた。あとはカウンターだけの店内には、まだ誰もいなかった。いらっしゃいませ、と店主に案内されて席に着く。

緊張しながら水を飲んでいたら、ほどなくして扉が開き

「わ、はじめまして。ごめんなさいね。待った？」

と素敵な女性が目の前に座った。白いパンツにゆったりした黒いニット、上等そうなクリーム色のストールを首から外し、さっと肩に掛けた。

今の彼女が会いたいって言ってる、とメールした椎名さんに対して、彼女が出してきた条件は二つだった。

用件を話すだけだと味気ないから、一緒にランチすること。

きっと女同士でしたい話だろうから、椎名さんは同席しないこと。

「ここね、パエリアが美味しいの。もし食が細くなければ、二人前からだから」

とメニューを開いて笑顔で言われた。

切れ長の目にすっと通った鼻筋。艶のあるワンレンの髪。理想的な大人の女性という雰囲気に、しばし見惚れる。嫉妬なんて起きなかった。あまりに自分とタイプが違いすぎて。

彼女は素早く注文を済ませると、あらためてこちらを向いた。

「自己紹介、まだだったね。林葉《はやしば》佳織《かおり》です」

「あの、初めまして。石井《いしい》知世《ちせ》と申します」

と頭を下げる。彼女はにこにこ嬉しそうに頬杖をついて聞いている。

「急にすみません、ご迷惑かとは思ったんですけど」

「全然。可愛い女の子とランチするのは楽しいし、どうせ休みの日は暇だから」

「え、そうなんですか？」

と私が訊き返すと、彼女は運ばれてきた食前酒のグラスを掲げて乾杯しながら言った。

「暇よー。付き合い始めたばかりの彼がね、転勤で大阪。一年で戻って来るみたいだし、そんなに遠くないからいいんだけど」

「それは、ちょっと淋しいですね」

と私は相槌を打った。

「でも良かった、こうして会えて。椎名から連絡をもらったときにはびっくりしたけど、事情を聞いて、それなら私もぜひって思ったから」

と彼女は微笑んだ。光の差し込む店内は明るい。厨房で調理する音だけが響いてる。

パエリアはびっくりするほど美味しかった。海老も大きくて食べごたえがあった。

「お米、カリカリのところが好きなんです」

と言ったら、佳織さんが
「椎名と同じこと言うね」

と指摘した。椎名、という呼び方に気配りを感じ、かえって、この人は私よりも椎名さんを知っているのだと実感した。

楽しく世間話をしているうちに食事が済んでしまい、コーヒーを飲み終えると、お会計をした。どちらも払うと言い合って最後は割り勘になった。

店を出ると、思いの外、風が強かった。上野公園のたっぷりした自然に視線を向ける。

「上野駅に出るなら、公園を抜けて行きましょうか」

と彼女が提案したので、私は頷いた。

不忍池《しのばずのいけ》のまわりにはたくさん人がいた。紅葉し始めた木々の写真を撮っている。風が吹くと銀杏《いちょう》の葉が舞って、水面をたっぷり色とりどりの葉が埋め尽くしていく。

「椎名の病気のことで、話したいことがあった？」

佳織さんがそっとこちらを見て、訊いた。

私は軽く言い淀《よど》んでから、頷いた。

「本当に、すみません。病気もそうだけど、年齢差もあるし。それでよけいに椎名さんといると、現実なのに現実じゃない感じもして迷ってしまって」

「彼の現実をもっと知りたいと思った？」

私は、はい、と答えた。

彼女はふっと肩を下ろすと
「よかったー。もう連絡取らないでくれっていう話かと思ってた。それが嫌とかじゃなくて、自分の存在が今の二人の邪魔してたら悪いな、と思ってたから」

と言ったので
「そんな、全然」

と私は否定した。

二人分のお茶を買ってから、池のほとりのベンチに並んで腰を下ろした。急に距離が近くなって妙にどきどきしていたとき
「私ね、セックスが嫌いでね」

佳織さんが突然、切り出した。

「思春期にちょっと色々あって。性欲も強くないし。だから、まったくかまわなかったのよね。それに、うちの家系って代々体が弱くて、祖父母も母親も癌《がん》で闘病して亡くなってるから、椎名がもし発症しても、自分は付き添って最期まで看取るだろうって。綺麗ごとじゃなくて、現実的に想像できたのも大きかったかな」

小さく頷いたものの、自分には現実感がまだないことに気付く。

「それで結婚したんだよね。結局、三年間だけだったけど。今でもいいパートナーだったと思うわよ。優しいし、話も合うし」

「じゃあ、どうして離婚しようと思ったんですか？」

と私は訊いた。

「セックスしなくていいパートナーを求めてることと、健全な性欲があるのに我慢しなきゃいけないことはまったく別問題だって分からなかったのよね。私にほとんど経験がないのもあって。たとえ抱き合わなくたって……ごめんね、直接的な表現でも大丈夫？」

私は、大丈夫です、と笑った。彼女のことがとても好きになり始めていた。

「椎名のほうがしてほしい、みたいなときもあるじゃない。でも、私はダメだった。もともと苦手な行為を義務的にはできないわけ。どうしても自分が物になった気がして。それは椎名にも何度も説明したけど、そうするとね、きまって弱気な笑顔で言うの。気を遣ってくれてありがとう、て。私の言うことを信じてないの。自分の負い目に気が向きすぎて。それで、すごく苛々《いらいら》するようになっちゃって。私も頑固だからよけいに」

そこまで聞いても全然平気な自分が不思議だった。

「もし病気のことがなかったら、俺は旦那《だんな》なのになんだ、て怒ったり話し合ったりできただろうけど。彼はそれができないから、変に気を遣い合って。まあ、私の気が強すぎたの。椎名って真逆で、優柔不断なところあるじゃない？」

と同意を求められて、苦笑して相槌を打った。

「あなたぐらい若くて素直な子だから、彼も安心して年上の男になれるのかもしれないね」

と彼女は優しく付け加えた。

私は首を横に振ってから
「椎名さんをまた好きになったりはしないですか？」

と思い切って尋ねた。

彼女はお茶をごくごく飲んでから、ないねー、とあっけらかんと答えた。

「べつに椎名に魅力がなくなったわけじゃなくて。私は恋愛っていう意味で男の人を好きになったことが意外とないのかもね。今の彼だってメールと電話があればけっこう満足だし。椎名とも離れてみれば、夫婦だったことがなんだか不思議なくらい」

私には、どうして椎名さんが彼女と結婚したのかよく分かった。この人は孤独や人が分かり合うことの難しさをじゅうぶんに知っている。それでいて折り合いをつけて自立して生きている。

駅前まで送ってもらって、彼女は買い物をしていくというので別れた。

佳織さんは友情が始まったばかりのように改札口から手を振ってくれていた。背を向けてからも、綺麗な笑顔と風になびくストールがまぶたに残った。

薄暗い廊下でインターホンを鳴らすと、すぐに開いたドアの向こうの明かりが嬉しかった。

「おかえり」

と椎名さんが言った。私はあえて明るく、ただいまー、と言いながら靴を脱いだ。

「佳織さん、すごく素敵な人だった」

と言い切ると、彼はしばらく黙ってから
「そうか」

と独り言のように言った。

二人で冷蔵庫の中に残っていた野菜や鶏肉を集めて水炊きにした。けっこう長いこと屋外にいたので、温かい湯気が嬉しかった。

「ポン酢のあっさりした味好き。鶏肉のダシも出てるし」

オレンジジュースを飲みながら告げる。椎名さんも相槌を打つ。いつもの夕食。普通の会話。それでも私には
「どうした？」

と彼が不思議そうに訊いた。

「ううん」

と首を振る。

私の目には、椎名さんがちゃんと男の人に映るのだ。たぶんこれからも、ずっと。

寝室のベッドに潜り込んでから、仰向けになっていた椎名さんの顔を覗き込んだ。

「ん？」

すっとTシャツの下に手を入れる。痩せているわりに厚みのある胸板。どうした、と落ち着いた声で訊かれた。

「ね。答えたくなかったら、いいんだけど」

「はい」

と彼はきょとんとして訊き返した。スタンドライトに照らされた表情は柔らかい。

「前の奥さんとも、こういうこと、少しはした？」

椎名さんは軽く眉を寄せてから、低くうなって
「それ、本当に知りたい？」

と表情をほどいてから訊き返した。私は頷く。

「うん。たまには。そんなに頻繁《ひんぱん》ではなかったけど」

強張っていたみぞおちがほぐれて、清々しいような、とはいえちょっと淋しいような気持ちが胸に広がっていく。私にはやっぱり遠慮してたんだな、と佳織さんの気遣いを今になって実感した。

「新婚の頃くらいまでだよ。離婚する直前は、さすがにそういうことはもう」

「うん。大丈夫。そういうの苦手だったって教えてもらったから、ちょっとだけ、どうだったんだろうなって」

「触られるのが嬉しいっていうのが初めて少し分かった、て」

私はまばたきだけで訊き返した。

「彼女がね、そう言ってくれたんだ。付き合いたてで恋人らしかった頃に。あのときはすごく嬉しかった。昔の話だけどさ」

椎名さんは少しだけ遠い目をしたけれど、淋しそうではなかった。整理し終えた部屋を見渡しているような穏やかさを滲ませていた。

「おしまい」

と彼のほうから打ち切ったので、私は、はい、と生徒のように返事をした。

肩まで布団を掛けてぐっすり眠った。

ラグを外して無防備になった床に座り込む。押入れから次々服を出すと、段ボールにしまったばかりのワンピースを広げた茉奈が
「このワンピース、私も持ってる!」

とグレーのチェック柄をまじまじと眺めて声をあげた。

「茉奈、それは実家に送るやつだから」

「あんた、邪魔しに来たのか、手伝いに来たのかどっちよ」

と台所で食器を包んでいた飯田ちゃんがあきれ顔をした。長い髪を一つにくって、がしゃがしゃと新聞紙でコップやお皿を包んで段ボールに入れていく。

「あの生意気な妹にあげるの？」

「うん。引っ越すって言ったら、着ない服送ってほしいって言われて」

と私はスカートをふんわり皺にならないように重ねながら答えた。開けっ放しにした窓の外は薄曇りで、秋も深くなっていた。

「もったいないからネットオークション出せばいいのに。お姉さんって大変だねー。私は兄貴しかいないから、頼りっぱなしだったけど」

飯田ちゃんが言った。私は苦笑して、そうだね、と答える。どんなに苦手でも嫌いでも、適度に関わっていかなきゃいけないのが家族だ。

「椎名さんとの同棲にはなにか言ってた？」

と茉奈が段ボールにガムテープを貼りながら訊いた。さりげなく。そのさりげなさから意味を汲み取る。

「おっさんじゃん！　て言われた。家族全員に」

と打ち明けると、飯田ちゃんも茉奈も大笑いした。

「まあ、そうかー」

「でもいい人だよね」

と言い合う二人に
「終わったら、みんなに焼肉奢《おご》ってくれるって言ってたよ」

と私は告げた。茉奈が、やった、と声をあげつつ段ボールを玄関に積んでいく。窓の外に響くエンジン音。ばたばたという大きな足音。引っ越し業者がやって来たのかと思ったら
「おつかれ。俺も手伝うことあれば、やるよ」

黒いダウンを羽織った椎名さんがスニーカーを脱ぎながら入ってきた。切りたての髪がすっきりと気持ちいい。

セーターの袖を捲り上げた飯田ちゃんと茉奈が、おひさしぶりですー、と笑顔で声をかける。

業者がやって来て、一緒に荷物を運び出すと、むきだしになった台所や床に残ったのはわずかな傷と汚れだけだった。

クイックルワイパーや雑巾で最後の掃除を終えて、靴を履く。振り返ると、がらんとした

室内は淡い午後の日差しに照らされて、もう他人のようだった。

なんだかしんみりしてしまい、前を向く。目の前に椎名さんが立っていた。

「三人とも俺の車に乗せていくから、業者にそう伝えてくれるかな」

「うん。分かった」

と私は頷いた。階段を下りていく背中は私よりもずっと広い。今日からあの人と一緒に暮らす。

アパートの前の遊歩道に積もった落ち葉を踏みながら、私は荷物を詰め込んだトラックへと駆けていった。

バーの男女たち、飯田ちゃんの憂鬱

瑛美《えみ》が赤ワインのグラス片手に喋りかけた。

揺れたグラスの中身が飛び散り、私のジャケットに飛んだ。とっさに腕を引いたものの、ベージュ色の袖に血痕のように点々と染みがついた。

「きゃーっ、ごめん。飯田ちゃん。大丈夫!?」

「あー、うん。たぶん平気」

とおしぼりで拭いながら答える。内心ではクリーニング代払えと思ったものの、酔った瑛美とやり合うのが面倒で受け流した。

正面に座っていた若い男二人が

「ちょっと瑛美さん、もう酔ったんですか！」

「ジャケット代弁償しなきゃ！」

などと煽《あお》ったので、瑛美は若干不快そうに顔を強張らせた。それでもすぐに作り笑いして、店員が運んできたバースデーケーキに視線を移すと

「悠太《ゆうた》さん、誕生日おめでとうーっ」

と今夜の主賓《しゅひん》のデザイナーにむかって声をあげた。彼は軽く微笑むと、蠟燭《ろうそく》の火を吹き消した。私も手を叩きながら店内を見回す。

中目黒の古いビルの一室を改装した、お洒落なカフェバー。飲み物も食べ物も自分で作るのと大差ない味だけど、ちょうどいい広さで貸し切れる手軽さもあって、私が瑛美たちに呼ばれるのはいつもこの店だ。業界人たちはイベントが好きである。

「ケーキもお洒落だなー。本当にこの店お洒落だよなー」

「だけど瑛美さんがワインこぼしたからなあ」

若い男二人はまだその話にこだわっていた。たまりかねたように瑛美がくるりと私のほうを向いて

「まあ、これはネタ代ってことで。ね、飯田ちゃん。おあいこ」

などと言ったので、私はきょとんとして、なんの話、と訊き返した。

「だって、この前の『メンズ・ドットコム』の企画、好きな女の子のタイプ別攻略法。あれ、もともと私のアイデアだったでしょう。記事見てびっくりしたんだから！」

と冗談めかして吐かれた台詞に、私は驚いて反論した。

「いや、全然覚えがないんだけど」

「だってだって、女の子を攻略するんだったら少女漫画読めばいい、て前に私が飲み会で悠

太さんにしたアドバイスでしょう」

瑛美は左手に嵌めたゴツい指輪を弄《いじ》りながら言った。

「あー。もしかして、あれ？　好きな女の子のタイプ別に映画とか本とか紹介したやつ。でもあれは編集長の田部《たべ》さんがもともとカルチャーページやりたいって言って、提案したことで」

「えー、そうなの。私、絶対にパクられたんだと思ってた」

と真顔で言い切った瑛美の頬を、一瞬、両側に引っ張ってやりたい衝動に駆られた。

「ちょっとちょっと、飯田さん。パクリはいけませんよ」

と絡んできた若い男たちに、してないから、と冷たく言い放つ。この女はいつもそういうことを言い出す。しかも大勢の前で。

苛立ちながら足を組みかえたとき、扉が開いて、黒縁眼鏡を掛けて艶やかな髪を下ろした女の子が入ってきた。

シャネルのチェーンバッグにざっくりしたニットを合わせ、足元はジーンズというラフな格好だけど、ニットの左肩はほとんど落ちて鎖骨まで見えていた。ニットを押し上げる胸に目を奪われる。

男性陣が一斉に注意を向けると、彼女はソファーに腰を下ろして眼鏡を外した。

想像よりもさらに大きな瞳が現れる。おしぼりを出したヘアメイクの女の子にこぼれそうな笑みを浮かべて
「ありがとー。今日ほんとに大変だったんだよ。早朝五時から撮影で、今までずっと」

と甘い声で言った。

瑛美がそっと私の耳に口を寄せて囁いた。

「あれ、グラドルの莉穂《りほ》だよね。最近よく出てる」

頷く間もなく莉穂と目が合った。

彼女は誰かと問いかけるように首を傾げた。私はバッグを開いて名刺入れを出した。

「はじめまして。莉穂さんですよね。私、ライターの飯田真澄《ますみ》といいます。以前は女性ファッション誌が中心だったんですけど、最近は『メンズ・ドットコム』でよくお仕事させてもらっています」

と差し出した名刺を莉穂は一瞥《いちべつ》すると、そうなんですねー、と受け取りもせずに答えた。むっとしつつも顔に出さないようにして、お話し中にごめんなさい、と素早く引っ込める。

莉穂は男たちに開いてもらったメニューを姫のごとく眺めると
「あ、それよりLINE交換しましょうよ、LINE」

と急にこっちを見て言い出した。真意が読めずに名刺を握りしめた指先が痺れる。ふざけた

男二人が
「俺たちも交換したいんですけど！」
と声をあげると、莉穂は曖昧に笑って、素っ気なく無視した。

母が茶碗を洗う音を聞きながら、居間のソファーに座ってグラスワインを飲んでいたら、後頭部を小突かれた。

「真澄。おまえ、ちょっとはおふくろ手伝え」

振り向くと、坊主頭に軽く剃り込みの入った、黒いスーツ姿の兄だった。

「職場から直接来たの？」

「おう。陽菜《はるな》が昨日から実家帰ったからな」

「お兄ちゃんもパパかー。陽菜さんの里帰りの間に浮気とかしないでよ」

と軽口をききながら、戸棚からワイングラスをもう一つ取り出す。

母親の、飲みすぎないでよ、という小言を受け流して冷蔵庫を開け、仕事先の編集長からもらった高級カマンベールチーズを切り分けてクラッカーと一緒にお皿に盛った。

兄のグラスに赤ワインを注ぐと、二人でソファーで乾杯した。母親はあきらめたように手を拭いて出ていった。

「真澄。おまえ、あいかわらずこんないいワイン飲んでんのかよ」

兄は機嫌を良くしながらも、冗談めかして言った。

「不味い赤ワイン飲んで酔っ払うとか、なんの得にもならないから」

とグラスを揺らしながら言い返すと、兄がぐいと中身を飲み切ってから、軽く前のめりになった。素早くボトルを手にして、注《つ》ぎ足す。兄はちらっと見て、ありがとな、と低い声で告げた。

「いい女なのにな。まだいい男捕まらないか」

「男らしすぎるからねー。私が」

と茶化して答える。だけど兄の顔が真剣なままだったので、気まずくなった。

「親父が死んで五年経ったし。家を出てもいい頃だろ」

ぼんやりと思い出す。夜中に知世たちとの飲みから帰ったら、居間のソファーの下で眠るように倒れていた父親のことを。まだ五十代半ばでの心筋梗塞の急死には、悲しいを通り越して呆然とした。住宅ローンは保険のおかげで完済できて、都心からほど近い一軒家には母と私だけが残った。

私は立ち上がり
「正直さ、ライターの収入だけだと生活できないんだよね」

窓辺に近付いて、ブラインドの紐《ひも》を引っ張って下ろした。夜は遮られて、室内はＬＥＤのおかげで陰影のない明るさに満ちた。

「ちゃんと営業してんのか？」

兄はソファーに寄りかかって上半身をそらした。ワイシャツ越しに膨らんだ腹が目立つ。バイクを乗り回して後輩から巻き上げた時計を売り飛ばしていた兄が、今では三十代後半で子供まで生まれるなんて。

「してるけど。さすがに三十歳過ぎて、自分からガツガツ営業するのもね。若い子たちとはノリも違ってくるし、前に出すぎると、かえって損するっていうか」

「誰かに言われたならともかく、自分で先回りして決めつけると、変なところで穴に落ちるぞ」

ブラインドの紐に指を絡めて、穴って、と呟くと同時に、テーブルの上でスマートフォンが鳴った。

画面を見た私は目を疑った。

『いま六本木でーす。一時間以内にしゅうごうね。』

小悪魔のようなメールを送ってきたのは莉穂だった。

指定されたバーの店内には、誰もいなかった。若いバーテンダーが退屈そうに下をむいてグラスを拭いている。

L字型のカウンター席で待っていると、遅れてやって来た莉穂は芸能人らしい黒縁眼鏡を外しながらとなりの椅子を引いた。

「飯田さんってお酒飲めるんだっけ？　私、シャンパンがいいんだけど」

と仏頂面のまま訊いてきた。どうやら疲れているらしい。

私は莉穂のプロフィールを脳内で検索して、二十歳は過ぎていたことを思い出しながら
「シャンパン好きですよ。ボトルで頼む？」

と訊いた。長袖とはいえワンピース一枚では今夜はちょっと肌寒い。

莉穂はピンク色のワンピースに黒いジャケットを羽織っていて、この色合わせができるのって若い子の特権だな、と思っていると
「頼んでー。ぜんぶ飲めないと思うけど」

莉穂は甘えた声を出してから、一秒遅れで笑った。ちょっと好きになりかけた気持ちを制して
「すみません。シャンパン開けてください」

とバーテンダーを呼んだ。

間接照明の下、ボトルを手にした彼の視線が一瞬強く莉穂を見たことを確認する。嫉妬と特権意識が混ざり合って、お酒を入れる前から胃のあたりが熱くなる。私よりもずっと可愛くて若い有名人の女の子。混乱しかけたときにバーの扉が開いた。

「莉穂ー。先に酔ってんなよ」

莉穂は弾かれたように振り返ると、はしゃいだ笑みを浮かべて

「酔ってねえよ」

と言い返した。私はとっさに若いバーテンダーを見た。

彼は共犯めいた笑みを浮かべると、シャンパンのボトルを見せながら

「栓飛ぶ一秒前でしたよ」

と言った。ようやく悟る。このお店は客がいないんじゃなくて、お客を選んでいるのだと。

「もうさー、待たせすぎなんだけど」

「しょうがないじゃん。首都高渋滞してたんだからさ」

とカウンター席にやって来た青年は白いマスクを取りながら、椅子の背を引いた。顔を見てびっくりする。最近売れているミュージシャンの智哉《ともや》だった。

つるんとした綺麗な肌に、黒めがちな瞳。男にしておくのはもったいないな、と感心しかけたら、また扉の開く音がして、長身のロマンスグレーの男性が入ってきた。

「あれ、桐生《きりゅう》さん。一緒に来たんじゃなかったの？」

と莉穂が首を傾げる。

桐生さんと呼ばれた男性は手の中の鍵を見せて
「車停めて来たんだよ。だから今夜は一緒できないけど」

と説明した。

莉穂がすねたように異を唱える。私も内心異を唱えながら、品の良いスーツの似合う皺混じりの甘い顔立ちを見つめた。

「その代わり、莉穂ちゃんが好きそうなお店見つけたから、今度エスコートするよ」

わーい、と莉穂は嬉しそうな声をあげてから、私のほうを向いて
「あ、桐生さん。こちら、ライターの飯田さん。『メンズ・ドットコム』とかで仕事してるんだって」

と紹介してくれた。

ああ、と彼は慣れたように笑って、私の差し出した名刺を丁寧に受け取りながら
「素敵な女性ですね」

とスマートに誉めた。私は彼の名刺を見て納得した。有名な音楽雑誌の編集長だった。

「うちでもぜひ仕事してくださいよ。ミュージシャンのインタビューとか、興味ある？」

「あ、ありますっ。中学生の頃から愛読してました」
と思わず声をあげると、莉穂は察したように目を細めて、意地悪くにっこりと笑って
「飯田さん、急にテンション高い」
と茶化した。

撮影中に降り出した雨に、大急ぎでスタッフたちがビニール傘を取りに走った。

私も手伝ってバンドのメンバー全員に開いて手渡す。美形のドラムに、ありがと、と微笑まれて、思わず笑みを返した。

「撮影続けます？」

「うん。このままいきましょう。雰囲気あるし」

編集者とカメラマンの会話を聞いていたら、桐生さんがこそっと
「ビニール傘って、顔に影がかからないでしょう。雨の撮影時によく使うんですよ」

と教えてくれた。

デビューアルバムから全部聴いているバンドだったので、インタビューは順調に進み、サービス精神旺盛なボーカルからは
「彼女、俺が喋りたいことぜんぶ訊いてくれた」

と笑顔で言われて、恐縮しつつも感激した。

夕方に終わって一人で帰ろうとすると、事務所のビルの前でスマホを取り出した桐生さんから声をかけられた。

「飯田さん、この後、空いてる?」

「え、はい。空いてますけど」

と暗がりで開きかけた傘を閉じて頷く。彼はタクシーを拾いながら言った。

「打ち合わせがキャンセルになったんですよ。今からだとお店に迷惑をかけてしまうし、もしおじさん相手に嫌じゃなければ、助けると思って食事に付き合ってもらえませんか?」

仕立ての良さそうなジャケットに艶やかな革靴と、年齢を重ねて渋みと色気の混ざった顔をすべて見てから、ぜひ、と私は即答した。

タクシーで麻布《あざぶ》まで移動した。かしこまったレストランかと思っていたら、一軒家を改装した和風フレンチのお店だった。

二人で向かい合い、ワインにお箸で、ソースを添えた鰆《さわら》を食べた。

ボトルが空いた頃に、桐生さんが笑顔で
「僕ね、今日すごく嬉しかったんですよ」

と言ったので、私は食べる手を止めて、どうしてですか、と微笑んだ。

「あのボーカルの彼、乗らないときは全然だから。いい子なんだけど、なんていうか正直なんだな。だから今日飯田さんのことを誉めてたの、本心からですよ」

「そうなんですか。光栄です。ずっと追いかけていたバンドだったので、後悔がないようにと思って、突っ込んで訊きすぎたかと心配だったんですけど」

「いやいや、いいインタビューだったよ。今後もぜひ。莉穂ちゃんもまた会いたいって言ってたしね」

と言われて、グラスを口に付けながら莉穂のことを思い出す。

あれから二回ほど「六本木しゅうごうー」をやられた。いつも智哉が遅れてやって来て、酔いがまわると二人で消えていく。マスコミ対策だと気付いた。ギブアンドテイク、という言葉を実感する。

二軒目のバーで飲んでいたカクテルを桐生さんと交換した。

指輪を嵌めた左手でそっと手に触れられて、私は軽く微笑んだ。いい雰囲気になりかけたところで化粧室に立つ。

鏡の前で化粧を塗り直してから、考え込む。いい男。既婚。仕事相手。女慣れしてそう。プラスとマイナスが入り乱れた条件に思わずため息をつく。

気に入られないと興味すら持たれないけど、気に入られてセックスしたら、好きになってしまうか終わってしまうかのどっちかだから、結局いいことないし、枕営業みたいには思われたくない。あーでもいい男だな。若いイケメンは毎年量産されてくるけど、ロマンスグレーの紳士は希少価値が高い。しかし希少価値ってなんだ。それ恋とか愛の話じゃないだろう。

戻って来た私に、ちょっと酔ったね、と桐生さんは先回りして言った。

タクシーで送ってもらった。車内の暗がりでキスした。さりげないけど濃厚な99点のキスだった。残りの1点はあえて見ないふりした。

タクシーを降りて閑散《かんさん》とした夜道に立つ。すぐに酔いが覚めると思ったけれど、ブランデーと彼の残り香が薄まらずにとどまった。

いつもの五ツ星バーで、私の話を聞いた茉奈は前のめりになって

「いいなーっ」

と声を出した。

私は苦笑して、グラスを傾けた。

「いいか？　既婚だし、絶対に遊んでるし」

「遊び慣れてる大人の男なんて最高じゃん！　私もどうせ遊ばれるならいい男がいい」

茉奈は断言して、カウンター越しに美形の男子二人をうっとり眺めた。

「そういえば、あの男はどうなったの？　彼女のブログ盗み見てた」

と私は思い出して尋ねた。

「あー。もうとっくに終わった。未だに社内で顔合わせると、俺って悪い男だよね、ていう雰囲気を醸してきて壮絶にうっとうしいけど」

「あー、それは面倒臭い。ていうか茉奈だって本当はそいつに彼女がいなかったら、そんなにハマらなかったでしょう」

と指摘すると、茉奈は驚いたように私を見た。

「そうかも」

「他人のものだから変に執着したんだよ。私もえらそうなこと言えないけど」

「飯田ちゃんはいいなあ。芸能人とか業界人とか、華やかだよね」

と茉奈はくり返した。それから最近取引先のエンジニアとメールしているという話になった。むこうがお酒を飲めないので誘い方が分からない、と悩む茉奈が可愛らしく見える。

「エンジニアといえば、知世は上手くいってんの？」

と私は思い出して呟いた。なんとなく会話が途切れると、知世の話をしたくなる。

「平和そうだよ。ちょっと……気になってることはあるけど」

「なに、椎名さんのこと？」

と私は訊き返した。知世はいい子だから幸せになってほしい。心からそう思う半面、いい子だからこそ時々わけもなく口を挟みたくなる。

「病気の話。ぶっちゃけ、すごい、重いっていうか、難病みたいな」

「そんなに？」

と眉を顰《ひそ》める。茉奈にしては歯切れの悪い言い方で、詳しくは知世に聞いて、と締めくくった。

私は頬杖をついた。不倫もどきの火遊び中も、同年代の女友達は深刻な問題を抱えている。気まずい、でもなく、罪悪感でもない。ただ知世は私よりもずっと真剣に生きているのだと思った。

茉奈と駅前で別れた後、酔ったまま四ツ谷の濠《ほり》沿いを歩いた。水面にふわふわ街の明かりが浮かんで、現実感がなくなっていく。

人通りは減って、背広姿のサラリーマンたちがまばらに行き来するだけだった。思わず息を吐く。帰ったら奥さんと子供が待っているのだろう。

こんなふうに酔っ払っても、母親の待つ実家に帰れば、正直寂しさは感じない。だけどこのままいけば、いつか年老いた女二人きりになって、年金に頼りながら介護生活を送って、一段落ついたときにはひとりぼっち。想像したら軽く戦慄《せんりつ》した。

だけど結婚も子供もどうしたって興味が持てないのだ。仕事をセーブして夫のために家事をこなして、大して好きでもない子供の世話に追われて日々が過ぎていく……絶対に後悔するに決まってる。

女、だからじゃない。適齢期の長さには差があるにせよ、男の独り身だっていい歳になればそれなりに大変だろう。

どうして人生には、結婚以外の正解が用意されていないのだろう。

空気は濁って雲は分厚く、月のない夜空を仰ぐ。答えはどこにもなかった。

バーの扉を開けると、暗い店内に莉穂はいなかった。

私がカウンターに近付くと、智哉が振り返って

「莉穂は事務所のえらい人の接待で遅くなるから、先に飲んでろって」

とグラスを掲げた。私は、そうですか、と相槌を打った。

カウンターに横並びになると、テンションが上がるどころか下がった。照明に映し出された横顔は綺麗すぎて女の私でも引け目を感じてしまう。

智哉はもう酔っているのか、カウンターに顎をのせると、甘えるように見上げた。

「ねーねー。ライターの仕事って儲《もう》かるの？」

私は思わず苦笑して、儲からないよ、と答えた。

「どんなにがんばっても一ページで何円っていう計算だから」

「じゃあなんでやるの？」

なんでって、と軽く言葉に詰まる。

智哉は上半身を起こし、シャンディガフを飲んだ。これ美味いね、と人懐こく言う年下の男の子に真面目な回答をすべきか迷う。

「どのジャンルにもすごい人たちって、いるじゃない」

「ん」

「でも、そういう人たちがかならずしも言葉に置き換えることまで上手なわけじゃないでしょう」

「そうだね」

「そういう人たちの言葉を、なんていうか自分が代わりに……より心まで正確に伝えられたら、いいなって」

自分でも大げさで気恥ずかしくなった。だけど彼の手がさっと伸びてきて
「百点満点」

と私の頭を撫でながら言われた。面食らって、苦笑しながらすっと避けて、マティーニを呷

る。

「それ、クセ？」

と智哉が頬杖をついた。頬に添えた手は大きい。

「癖って？」

「なんか、大人ぶった笑い方するの。可愛くないよ」

挑戦的な目をして笑われ、私はとっさに頬が熱くなった。

「口の利き方しらない子供よりマシでしょ」

と言い返してやると、彼は一瞬だけ真顔になった直後、いきなり私の後ろ髪に手をまわして摑んだ。無理やり引き寄せられてキスされた瞬間、頭の中が真っ白になった。

莉穂はその晩、最後まで店に来なかった。

日当たりの良い席で、イヤホンが外れているのにも気付かずうたた寝していたら、窓越しに誰かがノックした。

はっとして口を閉じる。よだれ垂らしてなかったか、と手の甲で拭う。窓の向こうにいたのは、髪を短く揃え直した兄だった。

カフェの店内に入って来た兄は、私の向かい側の席に腰を下ろした。

「おまえ、わざわざ昼寝するために午前中から家出てたのか？」

私はノートパソコンを閉じながら、急ぎの原稿を送ったら気が抜けたの、と言い訳した。

「お兄ちゃんはこれから病院？」

「おう。破水《はすい》したって電話がきたから。明日くらいまでには生まれるぞ」

「うわっ、すごいね。いよいよか」

破水、という表現の生々しさに気後れしたことを悟られないように、大きな声を出した。

兄は誇らしげに笑うと、席を立った。

「生まれたら、おまえも明日くらいには病院来るか？」

「うーん。陽菜さんが嫌じゃなかったら行こうかな」

と言いかけて、ふるえるスマホを取り出す。メールを見てびっくりする。

「……ちょっと急な仕事が入ったから、今夜は遅くなるかも。とりあえず様子をメールして」

兄は眉根を寄せると
「なんか変だぞ。大丈夫か？」

とすぐに尋ねた。

片手だけあげて、大丈夫だから、と暗にそれ以上は追及しないでほしいことを示した。

兄はまだなにか言いたげだったけど、さすがに陽菜さんが気にかかるようで、また電話すると言い残して店を出ていった。


夕暮れ時の坂道には、日本武道館へと向かう若者たちの体温が満ちてきた。早足ぎみになりながら腕時計を見て、五分遅刻、と小さく呟く。

暗がりに強烈な光を放つ入り口に着き、関係者受付で名前を告げると、こちらに背を向けていたジャケットの男性がくるっと振り向いた。

「ああ、飯田さん。こっちだよ」

桐生さんに手招きされて、私は満面の笑みでお辞儀をした。事務所のスタッフの人たちにも挨拶をしてから、ファンの子たちの間をすり抜けて、中央の関係者席へと移動した。

二階から無人のステージを見下ろすと、どこまでも深く落ちていきそうでくらくらした。何度来ても、この激しい傾斜には慣れない。桐生さんといる状況も含めて、現実感が薄かった。

ライブは盛り上がった。十代に人気があるだけあって、青春を強調した演出やＭＣにも歓声があがっていた。私も立ち上がって波に飲まれたかったけど、桐生さんが淡々と拍手を送っているだけなので堪えた。

ライブが終わると、楽屋に関係者だけが集まり、バンドメンバーが遅れてやって来て簡単な打ち上げが始まった。桐生さんが業界の人たちと会話を交わすのを聞き続け、時々は相槌や質問を返して、私はひたすら人形のように笑みを浮かべ続けた。

すっかり疲れて武道館を出たときには真っ暗になっていた。

桐生さんはタクシーを拾うと
「ずっとにぎやかなところにいたから、少し落ち着きたいでしょう。夜景の見えるバーでも行こう」

と有無を言わせない口調で提案した。

品の良い口元に刻まれた狡猾な皺を見ながら、はい、と答えるしかなかった。

彼は座席に寄りかかると、迷わず私の肩に腕を伸ばしてきた。肩を抱かれて、ちらっと顔を見た瞬間にキスされる。

「嫌？」

と離れていく顔が囁くように訊いた。

嫌ではないけどそこまでじゃないというときの正解が見つからずに曖昧な微笑みだけ返したら、かえって同意したような雰囲気が濃くなった。

ホテルの高層階のバーは、天井が高いせいか意外と暖房が効いてなくて、持参したストールを引き寄せてもうすら寒かった。

ショートカクテルで胃は冷えるのに頭は火照ってぼんやりする。窓辺のソファー席から見える夜景はたしかに大迫力で、東京タワーが正面に輝いている。

「君は魅力的でモテるだろうから、こういうところは慣れてるかな」

と桐生さんはからかうように言った。

「そんなことないですよ。いつもは女友達とか、一人で飲むことが多いですし」

「ふうん。旅なんかも一人で出かけたりする？」

「そうですね。気が向けば、ぶらっと」

桐生さんがなにかを教えたがっている気配を滲ませたので、すっと黙る。

「飯田さんが、タレントの真紀さんの個展の記事を書いてたのを思い出したよ。もしアートに興味があれば直島《なおしま》なんかもおすすめだよ」

と言われたので、直島、と呟く。

「おととしかな。美術館と一体になったホテルに妻と泊まったよ。移動が面倒だって叱《しか》られて大変だったけどね」

こういう発言ってどういう意図でしてるんだろう。二十歳の娘でもあるまいし、そんな奥様よりも私が尽くしてあげたい……なんて考えるわけないのに。

次の台詞が予想できて、言い当てたくなった直後に
「本当に綺麗だね」

と真顔で言われて、ビンゴ、と心の中で呟く。

バーを出て部屋に入る流れまで、読み終えた後の小説をおさらいしているかのようだった。

ダブルベッドの脇に立ったまま抱き合うと、おもむろにシャツを脱いだ桐生さんの裸を見て、正気に返った。見苦しいほどじゃないけど、中途半端に崩れた筋肉とお腹まわり。

そうか、文系男子ならまだしも文系が中年になるとこうなるのか……と悟りをひらいた私のブルーの下着姿を見た桐生さんは満足げだった。ふと彼の太腿《ふともも》に白い傷痕があるのを見つけて
「これ、どうしたんですか?」

とベッドの上でなぞると、桐生さんは急に謙遜するような声を出して
「これか。昔、バイクで転んだんだ、みっともない傷だから」

と説明してから、倒れ込んできた。

重なり合うと年齢差を実感した。むこうのほうがありがたがっている様子に思わず複雑な気持ちになる。肩書きも衣服も取っ払ってただの二つの肉体になれば、やっぱり年下の女の

ほうが価値があるのだ。たとえ三十代の私でも。

耳元で終始甘いことを囁かれたけど、最後まで切ない気持ちにはならなかった。

暗いタクシーの中で、いつになくぐったりとした。

通りを流れていくヘッドライトを目で追う気にもなれずに、取り出したスマートフォンのメールを確認する。

『生まれたぞ！　俺に似て３４００ｇのデカい娘だよ。』

それが大きいのかさえも分からず、おめでとう、と送り返したメールは宇宙空間に吸い込まれたように感じた。肉親なのに、こんなに遠い場所にいる。いつから。

直島、とふいに呟く。検索をかけると、豊かな自然と一体になったアートや美術館には興味が湧いた。桐生さんは、一緒に行こう、とは言わなかった。ホテルは高級だけど、一番安い部屋なら私でもぎりぎり払えなくない値段だった。

ああやだな、と心底思いながらため息をつく。

最中はあんなに醒めてたのに、可愛いだの綺麗だの最初見たときから気に入っていただの言われた時間を反芻《はんすう》した瞬間、彼への関心は毒のように噴き出してくる。

続けざまにメールが来たので、てっきり兄貴だと思ったら息が止まった。

二週間前にむこうから約束をドタキャンされたきり、連絡がなかった莉穂からだった。『金曜の夜空いてない？』という一文に、迷ったものの、空いてるよ、と打ち返す。いつものバーではなく六本木のカラオケ店を指定された。覚悟を決めて顔を上げる。

履いているヒールの靴を見下ろしながら、とりあえず金曜日はなにが起きても速攻逃げられるようにフラットシューズにしよう、と決めた。

カラオケ店のＶＩＰフロアの個室にやって来た莉穂は、そこまで不機嫌そうではなかった。いつもの黒縁眼鏡を外すと、ソファー席の斜め向かいに腰を下ろしてメニューを開いた。

「シャンパン飲みたい」

私がビールを飲んでるのを無視して言った。私が、了解、と注文しようとすると

「今日は飯田さんの奢りね。浮気代」

ときっぱり告げられて、指先が強く痺れた。

なにも言えずにいるうちに、ウェイターがグラスとミニボトルを運んできた。二人きりになってから、かんぱーい、と莉穂はいつもと変わらない調子でグラスを掲げた。

かんぱい、と小声で言い、グラスに口を付ける。こんなに味のしないシャンパンを飲むの

はきっと最初で最後だ、と心の中で呟く。

莉穂は歌う気配もなく、追加で運ばれてきたスナック菓子をばりばり食べている。私のほうが耐えかねて、あの、と切り出した。

「ん？」

「浮気って」

「あー。智哉とキスしてたんだって。バーテンの三上《みかみ》君が教えてくれた」

莉穂はちらっと私を横目で見て、意地悪そうに笑みを浮かべながら
「言っとくけど、三上君は私のファンだから」

とつけ加えた。

「本当に、ごめんなさい」

「いいよ。酔った智哉だけタクシーに押し込んだんだって？　やるじゃん」

と莉穂はグラスを傾けながら、おざなりに窘めた。どうやら本当にそこまで怒ってはいないらしい。安堵《あんど》すると同時に疑問が湧いて、質問した。

「そこまで知ってるなら、どうして、今夜誘ったの？」

「んー。結局、智哉とは別れたから、予定空いちゃって。グラドル仲間に喋って、内心ざまあとか思われるのも癪《しやく》に障るから」

共通の知り合いで愚痴を聞いてくれる相手として選ばれたのだと知り、ようやく完全に肩の力が抜けた。シャンパンを飲みながら、私は呟いた。

「正直、そのときのキスは私がからかわれたくらいのレベルで、遊びですらないと思うけど」

「だとしても、まさかアラサーのライターさんにまで手出すと思わなかったし。かといってあんまり女捨ててるような人も、複数で会うときにほかの男の人呼べないし。飯田さん、ちょうどいいと思ったんだけどなー。そんな男と結婚はさすがに無理だよね。あきらめるかな」

「結婚なんて考えてたの？」

と私が驚いて訊き返したら、莉穂がびっくりしたように言った。

「当たり前じゃん。グラドルなんて何年できると思ってんの？　私は一応、自分の寿命はちゃんと分かってるつもりだし。むしろ飯田さんっていつも結婚も考えずに男と会ったり寝たりしてんの？」

予想を超えた正しい指摘に、私はなにも反論できなかった。

「あーあ、旅行でもしたい。飯田さん、今度の祝日を挟んだ水木って空いてない？　私、珍しく連チャンでオフなんだよね」

「あ、ごめん。私、ちょっとそこはもう旅行の予定が入ってるから」

とやんわり断ると、莉穂は目を吊り上げて
「それって男？　だから智哉のこと振ったわけ？」

と身を乗り出してきた。すぐに首を振る。

「違う。一人旅。直島のホテルに」

「うっそ。あそこって有名だよね。しかもけっこう予約取れないっていうし。一度行ってみたいと思ってたんだ」

と莉穂はしばらく考えたように頬杖をついてから、顔を上げた。

「ねえ、私も一緒に行く。まさかリゾートホテルでシングルってことないでしょ？　同じ部屋でいいから泊めてよ」


島へ渡る高速船内はびっくりするほど綺麗で、莉穂はサングラスを外して興味深そうに眺めながら、つやつやとした木の座席に腰掛けた。

「お茶いる？」

と私は客室内の自販機を指さして尋ねた。ありがとう、という素直な返事があった。

二人分の冷たいお茶を持って、窓越しの青い海をじっと眺めた。

あれから一週間経つけど、桐生さんからはメールも電話もない。また近いうちに、と手を振って別れたときの笑顔が幻だったみたいに。

昨日は深夜番組の収録だったという莉穂は気付くとうたた寝していた。薄手の黄色いニットを押し上げる胸が静かに上下している。

二人で港に下り立つと、莉穂がぼんやりと島全体を眺めて
「想像してたよりも島だね。ちょっと懐かしい」

と漏らした。

「懐かしい？」

と私は小型のキャリーバッグを引きながら尋ねた。

「私、広島出身だから。しまなみ海道とかデートで行ってた」

ふうん、と相槌を打ちながら、ホテル行きのバスに乗り込んだ。がたがたと揺れる車内から見下ろした海と自然の風景があまりに美しくて、つかの間、無心になった。

ホテルに到着すると、海岸の突端にでんと居座ったかぼちゃのオブジェを見た莉穂が、あれガイドブックで見たことある！　と駆け寄った。

「飯田さん、写真撮って」

と黄色いかぼちゃにもたれてカメラ目線になった莉穂を撮影してあげた。画面で見たときの

完璧な表情とポーズに、さすがプロ、と心の中で呟く。

黄色いかぼちゃは、広い空と海を無言で見つめているようだった。

「メキシコに帰りたいんだねー」

と莉穂がうそぶく。だけどなんとなく同意したくなる風情があった。かぼちゃと、莉穂の横顔には。

美術館をまわっているうちに日が暮れると、二人でホテル内のレストランでディナーを取った。満腹になってからも、飲みたりない、と訴える莉穂とバーに向かう。

薄暗い店内で、西洋人の観光客に囲まれて強いカクテルを飲んでいると、時間が曖昧に滞っていく。莉穂の大きな瞳だけが冷たく光っていた。

「彼氏ほしい」

と莉穂が静寂を破るように呟いた。

「いくらでも寄ってくるんじゃない？」

「中身も知らないで寄ってくる男とか、頭悪そうで尊敬できない」

この子は時々、びっくりするほど現実的な台詞を口にする。

「飯田さんだってそうでしょう。べつに誰でもいいわけじゃないから、今まで結婚してないんじゃん」

「私は誰とも結婚したくないから」

と言い切ってしまってから、はっとした。莉穂が濡れた指先を口元に当てて、驚いたように訊いた。

「……もしかして、親が仲悪かったからとか？」

「ううん。むしろ、すごい普通の、すごい平和な家庭で育った。それで、父親が数年前に病気でぽっくりいって、でも母親もそれで満足したっていうか、人生の仕事は一足先に終えたような顔してて。兄貴も結婚して、この前、初めての子供が生まれて」

なんてつまらない話だろうと自分自身に興ざめしかけたけれど、莉穂は真剣な顔で相槌を打った。

「あれがたぶん、結婚生活のそうとう幸せな形と結末なんだろうな、と思ったら、自分はもういいかなって。裏方気質なのかもしれない。全部見ちゃったことには、あんまり興味が湧かないっていうか。だからこそ、この仕事を選んだんだし」

「淋しくないんだね」

と莉穂がグラスを傾けながら言った。

私は、そ、と小さく呟いた。

「なにー？」

その通り、と言うのもおかしい気がして首を振る。

淋しいふりをして、物足りないふりをして、なんとなく愛される女になったほうがいい気がしていた。

だけど私は全然淋しくないし、今のままでかまわないのだ。それがしょせんまだ若いからとか、実家暮らしだからとかいう理由でも。

母の介護で女同士助け合って生きて、それが終わったらのんびり一人で生きる人生を、本当は全然恐れてないことに気付いた。

「とりあえず貯金する」

と呟くと、いきなり莉穂が私を指さして、それ大事、と断言した。

酔った莉穂とダブルベッドでちょっと距離を置いて、寝転がった。シーツは糊《のり》がきいていて真っ白で、FMラジオの優しい音楽が流れている。

寝入りばなに莉穂が小さな声で、智哉にメールしたいけど我慢する、とこぼした。

こんなときに気持ちをすくいあげる言葉を持っていない自分を歯がゆく思いながら、照明を消した。


地中に沈んだ美術館は、青空の光だけを取り込んでいた。どの展示室もひんやりとして静かだ。

　私は階段に居座った黒い球体を見上げ、アートかあ、と呟いた。

　莉穂があっけらかんと返した。

「全然、分かんない」

　笑いかけたときに桐生さんからメールが届いた。

『直島にいるんだって？　帰ったらワインでも飲みながら感想を聞かせてほしいけど。』

　私はちらっと莉穂を見てから、速攻で返信をした。

『結婚を前提にお付き合いしてくれるならご一緒したいです。桐生さんのことはすごく素敵だと思っているので。』

　電源を切って、ショルダーバッグにスマホを押し戻す。

　メールを読んで今頃困惑しているだろうか。それとも苦笑だろうか。

　数十分後には、スマートに距離を置くメールを返してくるであろう桐生さんの顔を思い出そうとしたら、もう上手くいかなかった。

　黒い球体に映り込んだ一筋の光を見て、白い傷痕だけが浮かんだけど、眩しくてあっという間にちりぢりになった。

お洒落なカフェ、告白、銀の匙

カバーを捲って、使い終えたトイレットペーパーの芯を引き抜いたときに、ポケットの中のスマートフォンがふるえた。

名前を見て、一瞬、出なくていいや、と思った。新しいトイレットペーパーを取り付けていると、ふたたびふるえた。

廊下に出てトイレのドアをぱたんと閉めながら

「どうしたの？　お母さん」

仕方なく電話に出たら、母が前置きもなしに

「いつ紹介しに来るのよ。同棲してるおじさんの彼氏を」

と切り出した。賞味期限切れの牛乳をうっかり飲んだら腐っていたように、反射的な不快感がこみ上げた。

「やめてよ。お母さんよりもずっと年下なんだから」

「でも若くはないじゃない。あと、知夏に二人目ができたのよ。だから知世が式挙げるなら、お腹が大きくなる前に出たいんだって」

その後も、母は年齢差や出産について一方的に喋った。

「とにかく早く籍入れないと。今から子供作ったって、成人前に定年迎えるような相手なんだから。あ、二人目の出産祝いはティファニー？　スプーンがどうとか言ってたわよ。面倒かもしれないけど、あんたも一人で好きにしてるんだから、たまには家族のためにお金使ってあげてね。じゃあね」

電話が切れると、私は呟いた。やっぱりこの牛乳腐ってた、と。

眠る前にソファーで温かいほうじ茶を飲みながら、椎名さんに愚痴をこぼしたら
「でも、たしかに挨拶には行かないとな。僕ら自身がいつどうするかはさておき」

と言われて、無言でお茶を啜る。椎名さんは短くまばたきしてから、続けた。

「知世のご両親にも、一応、僕の体のことは話しておかないと」

私は表情をなくして、え、と訊き返した。

「話すの？　なんで」

椎名さんはなんの迷いもなく、話すべきことだからだよ、と続けた。

「いいよ。話さなくて」

動揺して、語気が強くなった。そういうわけにいかない、と彼は言った。

「もしなにかあったときに初めて知らされるなんて、僕が知世の親御さんだったら、そんな

にショックなことはないと思うから」

私は反論できずにしばらく黙った。喉にも胃にも石が突っかかったようになり、思わず
「なんでも正直に話すことだけが、誠実さじゃないと思う」

と訴えたら、椎名さんはなにも言わなかった。

彼は台所に立っていつものようにコップに水を汲み、錠剤にしては大きな塊を口に放り込んで、強く飲み込んだ。

寝室で分厚い靴下を脱いで、明かりを消すと、椎名さんはすぐに寝入ってしまった。

私は枕に顔を埋めて、理不尽だ、と思った。トイレットペーパーの交換よりもどうでもいい親のことで私たちが気まずくなるのは。

だけどたしかに椎名さんの言ったことを、私自身が考えないようにしてたのも事実だった。うやむやのまま時間が続いていけば、それが一番じゃないかと思っていたこと。

それくらいに今の椎名さんとの生活は、平和で穏やかだった。時々、病気のことなんて忘れるくらいに。最近では眠る前に彼が薬を飲むほんの数分間だけが、唯一のリアリティだった。

それなのに、どうしてそれだけじゃだめなのか、やっぱり実感がなかった。

仕事の接待が終わって、取引先のおじさんたちをタクシーに乗せて見送ると、となりにいた風祭君がこちらを向いた。

「俺、地下鉄ですけど、先輩、ＪＲでしたっけ。同じ駅までは戻りますよね」

私は頷いて、歩き出した。

身震いしながら見上げた夜空の月は、清々しいほどの光を放っている。イタリアンやフランス料理の店先には控えめなイルミネーション。あと一カ月もすればクリスマスだ。

「なんか今日、顔が暗いですよ。どうしたんですか」

と紺色のコートを着た風祭君が訊いた。

軽い酔いも手伝って、誰かに相談したくなった。女友達のように一緒に怒ったり騒いだりしてくれなくていいから、フラットな見方ができる相手に。

「結婚の挨拶したい、て彼氏に言われてて」

と切り出すと
「えっ、おめでとうございます。めでたい話ですよね？」

風祭君は驚いたように言った。私は曖昧にお礼を言った。

「でも話がまとまらなくて。彼氏がすごく年上とかバツイチとか、色々あって。そういうの全部うちの親に正直に話そうとしてるのとか、誠実だとは思うけど、今後の関係とかも考えたら、言わなくてもよくない、て思って」

とぐだぐだ説明していると
「ほかにも親に知られたら、まずい事情があるってことですか？」

と真顔で返されて、多少は、と答える。彼は意外と察しがいい。

だけどすぐに飯田橋の地下鉄の入り口に着いてしまったら、風祭君は思いついたように言った。

「今日はもう遅いんで、よかったら今度、飯食いに行きませんか。そこで聞きますよ」

「え、あ、うん」

と私はとっさに頷いた。

彼は明るい階段を下りていきながら、じゃあＬＩＮＥしますね、と手を振った。

私も手を振りながら、妙な展開になったな、と思った。複数で飲んだことはあるけれど、二人きりの約束をしたのは初めてだ。

べつに隠すことじゃないけど、帰宅しても、先にベッドにいた椎名さんには言わなかった。ねぼけた優しい腕の中にごろんと転がりながら、秘密があるとちょっとだけ余裕ができるんだな、と思った。

会社を出た風祭君と電車を乗り継いで、あまり来たことのない駅で降りた。

車の往来が多い通りから一本入ると、細い道にはお洒落なカフェや洋服屋が立ち並んでいた。空はしんみりするような茜色《あかねいろ》だった。

一軒のお店の前で立ち止まった風祭君が、ここです、とドアを開けてくれた。

白い壁と淡い色合いの内装が可愛かった。カフェのようだけど、エスニック料理店らしく香辛料の匂いが流れてくる。

綺麗な色のカクテルを飲む女性客のとなりのテーブルで向かい合う。ほっこりと暖かい席でストールを外すと、一息ついた。

メニューを開きながら
「パクチーって大丈夫？」

誘われたのは私だけど、一応尋ねる。

風祭君は笑顔で、わりと好きですよ、と答えた。

ビールを二人分頼んで、海老と春雨の炒め物やパクチーサラダ、揚げ物なんかも頼んだ。

顔を上げると、照明が昼間のように明るくて、風祭君の肌が疲れていないことに気付く。

三歳下って意外と大きいんだな、と同性のように見惚れた。元気な黒い瞳がこちらに向けられる。

「先輩ってカフェとか好きですか？」

「うーん。友達との約束までに時間が余ったときには、たまに寄るかな。平日は夜遅くなるから、めったに行かないけど」

「俺、休日に仕事持ち帰ったときに、たまに行くんですよ。けっこうはかどりますよ」

私は首を傾げて、カフェで仕事するの、と訊き返した。

「はい。お洒落な空間で仕事すると、はかどる感じしません？」

しない、と答えると、風祭君は、早っ、と声を出して笑った。

トムヤムクンには大きな海老が入っていて、酸っぱくて辛い味が食欲を刺激する。ワイシャツの袖を捲った男の子と、ちょっとだけ汗かいてきた、と言い合いながら食べていると不思議な感じがした。当たり前だけど、椎名さんとは全然違う。

「風祭君って、休みの日はどうしてるの？」

「えーと、友達と飲んだり、あとバンドの練習したりとか」

「バンドやってるの？」

と訊きながら、ビールが空になったので二杯目を追加した。

「完全に趣味ですけど。高校のときに始めて。俺、めっちゃバンプが好きだったんで、そのコピーとか」

「ああ、いいよね」

と同意すると、風祭君は嬉しそうに、真似して本当にそのときの彼女と天体観測行ったんですよ、地元が山梨なんで星とか見放題だから、と続けた。

「私もあの曲好きだった。けど難しくてカラオケで歌えなかった」

「分かります。俺すげえ練習したけど、それでも歌上手いやつに点数負けるんですよね」

という話を聞いて、世代が近いことを実感した。椎名さんはジャズとか洋楽のほうが好きで、たまに邦楽の曲名を言われても、私が知らないことが多い。

お店を出てからも楽しい気持ちはおさまらず、近くのカフェバーに寄った。

お洒落な雰囲気の店内には、アンティーク風の一人掛けソファーが並び、壁のスクリーンには洋画が映し出されていた。

風祭君がじっと映画を見ていたかと思うと
「フォレスト・ガンプ、めっちゃ好きだったんですよ。懐かしいな」

と言った。

「観てない。けど流行《はや》ったのは覚えてる」

「すげえ面白いですよ。ダン中尉がかっこいいの。観てくださいよ」

と言われて、私は、分かった、と頷いた。

「ヒロインの女の子が軽いんですけど、なんか憎めなくて。最後はエイズで死んじゃうんですよね。それもなんか切なくて」

つかの間、時が止まった気がした。

私は困ったように笑って、オチ言っちゃだめでしょう、と指摘した。薄暗い壁から反射する、淡い光。トム・ハンクスがものすごく真剣な顔で疾走している。

薄めのラムコークを飲みながらポップコーンをつまみ、会社の話なんてしていたら
「それで彼氏とはどうなんですか?」

と訊かれた。私はちょっと間を置いてから
「やっぱり、歳の差が大きいかな」

と嘘をついた。

「そっか。でも女の人のほうが大人だし。元カノとか高校のときから付き合ってたのもあって、ほとんど弟扱いされてましたよ。俺」

私は、へえ、と相槌を打った。ということはわりと長く付き合ったのだろうか。

「風祭君って、今、ひとりだよね」

「そうですよ。先輩がフリーだったら交際申し込むのに」

「まさか」

と私が笑うと、彼は酔った口調で、いやマジで、俺、先輩タイプですもん、と言い切った。面食らって言葉に詰まる。風祭君も我に返ったように冗談めかして笑った。

もしかしたら、ちょっと本気だったのかもしれない。

そう察したのは、カクテルを二杯飲んで店を出た直後だった。

慣れないヒールで縁石を踏み外しそうになった私の二の腕を、風祭君が掴んだ。親切、というよりはもう少しだけ確信を持ったように力を込めて。

振り返ると月を仰ぎ見る形になった。雲がかかってほとんど見えない。風祭君も真顔で夜空を仰ぎ見た。形の良い唇から漏れる息は白い。

ありがとう、と笑って腕を下ろすと、彼はいきなり切り出した。

「キスしていいですか」

とっさに息をのんだ私はワンテンポ遅れてから、へっ、とわざとらしくしゃっくりみたいに驚いた声をあげてみた。

「え、だめ、ですか」

「はい。だめ、です」

とやんわり告げる。

風祭君は、ですよね、と素早く照れ笑いした。照れ笑いってちょっと新しいな、と思った。

駅まで送ってもらって、軽く混雑した電車の中でぼうっとした。

ひさしぶりに艶っぽい出来事があったことにちょっと高揚していた。しかも風祭君みたいに爽やかな年下の後輩と。嬉しい、というよりも、ほっとした、という感じに近かった。

椎名さんのことは好きだけど、三十歳になった途端に自分を堅く水気のない豆腐のように感じていたのも事実だった。中途半端に崩れやすいまま形が定まってしまったような。

絹のようにつるつると、まだまだ滑らかに揺れることができるのだ、と気付いた。

真夜中に喉が渇いて、台所に立ったままオレンジジュースを飲んでいると、流しに空のコップが置きっぱなしになっていた。

しばらくそれを見つめた。

風祭君が、キスしていいですか、と訊いたとき、私はとっさに考えた。私の恋人は病気だと告げるべきか。

もし逆の立場だったら、絶対に言ってほしい、と思うだろう。たとえうつる可能性はなくても。一方で、言えるわけない、と即座に判断した私がいた。

ＨＩＶ関連の資料にはきまってこんなふうに書いてある。

日常生活では感染しません、と。

だけど人間にとって、性的な接触は日常ではないだろうか。恋人同士にとって、あるいは夫婦間。本当はすべてが日常なのだ。だからこそ大変で苦しい。

簡単になんて言えないことを、あの春の日、それでも椎名さんは海辺で私に打ち明けた。

土曜日の午後、椎名さんの病院に付き添うついでに、私も初めて血液検査を受けてみた。結果が出るまでソファーに座って待った。いつの間にか手のひらに、冬なのに汗をかいていた。

タレントのおおげさな笑い声に顔を上げると、待合室のテレビには赤坂サカスのツリーが映し出されていた。

診察室で結果を聞いたとき、倒れそうになるくらいにほっとした。椎名さんも安心したようにため息をついた。

医者だけがわりと鷹揚に、まあ気をつけていればまず大丈夫ですから、と付け加えた。

帰りに近くの公園を散歩しながら、白い空気の中で、椎名さんはこれからの話をした。自分の考えていること。私のこと。

「椎名さん」

「ん？」

「私、ちょっと告白されたっぽい。後輩の男の子に」

椎名さんは、そうか、と呟いた。枯草を踏みながら。椎名さんの、そうか、はなんだかずるいと思って
「断ったけど。私のことを好きになる人っているんだな、てちょっとびっくりした」

という感想を口にしたら、椎名さんははっきりとした口調で、俺はね、と言った。

「君が好きなんだ。俺にはもったいないと思ってる。一緒にいれば楽しいし、大事で仕方ないし、きちんとしたい。だからこそ、大事にしたい相手を傷つけるかもしれない自分が歯がゆいだけで、そう、本当はずっと」

「ずっと?」

椎名さんはほとんどつらいことを口にするみたいに眉根を寄せながらも、言い切った。

「よそになんて行かないで、俺とずっといてほしい。できないことばかりで申し訳ないけど、それでも残りのできることで、全力で幸せにするから」

椎名さんが心配そうにこちらを見たとき、私は笑っていただろうか。それとも照れていたか。もしかしたら迷いながら頷いたのかもしれない。

何年経っても、あのときのことを思い出す。自信満々じゃなくて、葛藤《かっとう》しながら告げた椎名さんを。

世界で一番、彼らしいプロポーズだったことを。

日曜日の午前中に、伊勢丹のティファニーに妹の出産祝いを見に行った。

ガラスケースから出してもらった銀のスプーンとフォークは幸福に光っていた。

「銀の匙《さじ》をくわえて生まれた子供は幸福になれるという言い伝えがあるんです。それに銀には魔除《まよ》けの効果があると昔から言われてます」

という説明を受けながら眺める。持ち手がハート形になっているのも、たしかにとても可愛かった。

カードで分割にしてもらおうとしたら、椎名さんが半分払いたいと言った。

「いずれは俺も家族になるわけだから」

と一万円札を数枚出した。薄い水色の箱にリボンを掛けてもらった。

「本当に婚約指輪はいいの？」

椎名さんがティファニーの売り場を離れるときに言ったので、私は、うん、と答えた。

「お金かかるもん。そんなに身につけるものでもないし」

「最近の子は合理的だな」

地下で手土産の焼き菓子の詰め合わせも買うと、椎名さんが素早く紙袋を持ってくれた。

伊勢丹を出たときにメールが届いた。夕方から食事する予定になっていた両親かと思ったら、妹だった。

『私へのお祝い買った？』

そのメールを見た瞬間、長い呪いが解けた。

伊勢丹の前の交差点の信号で立ち止まった私は、椎名さんを見上げて、やめよう、と告げた。

「えっ？」

彼がびっくりしたように訊いたので、挨拶のことだと誤解したのだと悟り、首を振る。

「違う、妹へのお祝い。家族以前の話だった。あの子は他人を、少なくとも私たちを人としてすら大事にしてない。なんで今まで言いなりになってたんだろう」

黙っている椎名さんを無視して、箱を取り出す。リボンをほどくと、美しく磨き上げられた小さなスプーンとフォークのセットが出てきた。

「返品できる、かな」

と呟くと、椎名さんは、どうだろうなあ、と漏らした。

「うちで取っておこうかな。可愛いし」

「ああ、さっきリボンを通して、オーナメントにして飾ったりする人もいるって、店員の女性が話してたな」

「あ、いいね。そうしようかな」

じゃあこれ、と椎名さんがスプーンを差し出した。

「婚約指輪はいらないって言うから」

「え？」

「幸せになれるように。いや、幸せにします」

信号が変わって人が流れ出した。私は銀のスプーンを受け取った。艶やかな感触。ころんとした丸み。

ふいに思いついて
「じゃあ、フォークは椎名さん？　ずいぶん尖ってるけど」

そう笑うと、彼も笑いながら、危ないことは僕が引き受けるよ、と言った。

私は銀のスプーンをポケットに入れて、信号の点滅し始めた交差点を渡った。

排水溝、冬の終わり、まっしろ

私はもう死ぬまで築三十一年目で中途半端に改修した挙句に排水溝の詰まりすら解消されない団地から出られないのかと思うと吐き気がする。

使い終わった食器を重ねていると、宇宙《うちゅう》がフォーク片手に近付いてきて、私のジーンズにマヨネーズの付いた先を擦りつけた。とっさに尖った声が出る。

「ちょっと！　馬鹿じゃん！　なんでそんなことすんだよ」

宇宙の手首を摑んで引き剝がすと、にやにや笑いながら逃げてしまった。ため息をついて、汚れた食器をまとめて流しに置く。水を流すよりもわずかに早く、ベランダでなにか撥《は》ねる音がした。

びっくりして窓に駆けていくと、中庭が霞むほどの雨が降っていた。

セーターの袖を捲り上げてシーツを引っ張り込む。いつの間にか宇宙が背後に回り込んで、濡れたシーツを頭に被っていた。ふたたび怒鳴ると、軽くお腹が張った。

安定期前という不安は苛立ちと絡まり合って、絶望的な気持ちでシーツを手放した。

台所のテーブルには、実家から持ち帰った焼き菓子の箱があった。一つ手を伸ばし、包み紙を破る。紅茶のマドレーヌを齧ると、いらいらの元凶を突き当てた気がした。

一週間前、実家から戻った私は玄関先に荷物を投げて、宇宙とピザを食べていた有君《ゆう》に切り出した。

「最悪。信じらんない。ちょっと聞いてよ」

有君はワンテンポ遅れて、返した。

「なに？」

出会った頃は清潔感があった黒縁眼鏡の塩顔も、結婚して五年も経てば見慣れすぎて、のっぺらぼうのようだ。

それでも私はのっぺらぼうに訴えた。

「うちの姉の彼氏、おっさんなだけじゃなくて持病があった」

「まあ、そりゃあ、年齢が年齢なら、完全に健康っていうことはないんじゃない？」

と有君はのんきに返した。宇宙が、ママお土産は、と大声を出した。

黙ってなさいよ、と叱ってから
「なんの病気だったと思う？」

と訊き返してみる。

「糖尿病とか？」

エイズ、と呟くと、有君はようやく驚いたように顔を上げた。

「本当に？」

「そうだよ。ちょっとさあ、いくらモテないし仕事ばっかりしてて女子力低いからって、ありえなくない？　うちの親も大激怒だよ。なんか旅先で知り合った女の子に騙されたとか言ってたけど、むしろお姉ちゃんが騙されてるっつうの。そんなやつ、まともな人生を送ってきたわけないし。そんで最後は大喧嘩になって、実家とは絶縁するとか言い出すし、おまけに私の出産祝いもあげない、とかキレ始めて。あんな自分勝手で子供な人だと思わなかった。やっぱりいい歳して独身の女なんてだめだわ。結局、内面が成長できてないんだよ」

「そこまで言わなくても、いいんじゃないかな。それにお姉さん、感じいいし、わりとモテると思うけど」

「はあ？　馬鹿じゃないの。有君って昔から見る目ないよね。あの人、じつはすごいプライド高いし、そのわりにはっきりモノ言わないし。それでいきなりこんな家族に迷惑かけるようなことするんだよ。有君のご両親だって、絶対に不安な気持ちになるよ。こんな話」

うちの親はどうだろうなあ、と有君はピザ片手に受け流した。いつもこうだ。真剣な話になると、意見を言わずにやり過ごそうとする。

「ピザ食わないの？　照り焼きチキン」

と的外れなことを言われて、私は吐き捨てるように答えた。

「あのさ、私、照り焼きチキン苦手なんだけど」

彼は意外そうに、前食ってたよ、と言った。

「そんときは宇宙が食べたいって言ったから。でも私は好きじゃないんだよね、て言ったら、そっかあ、て頷いてたくせに。ほんとに無関心だよね」

二人目の子供だって、作ろうよ、てずっと言ってたけど、こいつが煮え切らないから、本当は二歳差くらいでまとめて産んでしまいたかったのに宇宙が四歳すぎてやっと——

「家族で話し合いなよ。そういうのは、もうちょっと、じっくり」

いきなり突き放されて、あんただって家族じゃん、と責め立てたかったのに、それを拒むように宇宙だけを見つめる有君を睨みつけるしかなかった。

宇宙が生まれた初夏の病院には、蟬の鳴き声と赤ん坊の泣き声だけが響いていた。

日中はブラインドを下ろしたベッドの上で、壁に寄りかかってぐったりしつつ宇宙をあやした。

有君は毎日六時の退社後にやって来て、コンビニ弁当を食べながら、じいっとベビーベッドで眠る宇宙を見ていた。

もぐもぐと口を動かしていた有君がふいに
「名前、宇宙って書いて、うちゅうにしよう」
と言った。私は笑って、なにそれドキュンネーム、と却下しかけたけど
「僕の名前が、万有引力の有だから、息子も物理に関係ある名前がいいと思ってたんだ。それに生まれた日が七夕だったし」
と説明されて、ああ、と私は天井を夜空に見立てて仰いだ。
名付けの夜にはたしかに家族だったはずの有君が、最近なにを考えているのか、今の私にはまったく分かんなくなっていた。

花壇を覗き込んだりして転びそうになっている宇宙を、スーパーの袋片手に引っ張っていると、むかいの棟の奥さんがやって来た。

幽霊画を思わせる細い顔に珍しく気合いを入れて、私よりも一回り上の専業主婦なのに、コートの下にスーツを着ている。

「こんにちは。今日はなにか、あるんですか」

と尋ねると、彼女は黒いパンプスを履いた足を止めた。

「今度から働きに出ようと思って。面接なんて十数年ぶりだから、なに喋ればいいか分から

ないわよ。大した仕事じゃなくて、ただのコールセンターなんだけどね」

私はびっくりして、旦那がリストラされたのだろうかと勘ぐった。彼女はそれをすぐに察したように続けた。

「旦那の仕事は変わらずなんだけど、うちも娘が中学生になったし、社会復帰でもしようかと思って」

よく見ると、面長の顔には頰紅が差されていた。それだけで幽霊顔がずいぶんと綺麗になっていて、羨む気持ちが湧いてきた。

負けた気がするから、笑顔で見送った。

台所で夕飯の支度をしていると、電球だけでは手元が陰ってきた。

振り返ると、宇宙はテレビの前に転がって寝息を立てていた。白い手を幼虫みたいにして、ぎゅっと丸くなっている。

カーテン越しに燃えるような西日が広がって、夕方五時のチャイムが鳴ると、自分だけが空襲で取り残されたような気がした。

お腹が鳴って、右手を当てる。ユニクロのピンク色のセーター越しでもずぶっと肉がついているのが分かる。知夏って巨乳でいいよね、と昔はまわりから羨ましがられていた胸が、今ではよけいに太って見えるだけの付属物でしかない。有君がとくになにを言うわけでもないから、自分を磨くきっかけすらない。

冷えていく夕暮れの室内に、スマートフォンが鳴り響いた。孤独から救われた気がして、手に取る。相手は母だった。

二人で姉の悪口を言っているうちに少し気が晴れた。

「だけどさ、いくらなんでも止めたほうがいいよ。親族全体が悪く言われる可能性だってあるんだから」

私が強く言ったら、母は困ったようにため息をついた。

「あの子のことは、昔からあきらめてるから。気が弱そうなわりに、強情なところがあって、いまいちなにを考えてるのか母親の私にも分からないし。まあ、放っておけば、そのうち目が覚めて別れるでしょう」

「そうかもね。なにせおっさんだし」

そうよ、と母は断言した。

「知夏ははっきりしてていいわ。昔から現実的で強い子だったから、私も安心だもの。妹なだけあって、ちゃっかりしてるし」

「それ誉めてないよ」

母は、ふふふ、と笑うと

「宇宙もどんどん可愛くなるしね。今時、孫が二人もいるなんて誇らしいわよ。また今週末にでも連れて帰って来てよ」

「たまにはこっちに来たら？」

と誘ってみたけれど、遠いから嫌よ、とすげなく言われて電話を切られた。

私はまた台所に立って、無言のままネギを刻んだ。栄養があるから毎回おかずに入れているけど、宇宙も有君も残すから、結局、大量に残って私が食べることになるネギを。

仕事から帰ってお風呂上がりの有君に食事を出しながら、幽霊顔の奥さんと母の電話の話をした。

「だけど働きに出るとかいって、家のこととかどうするんだろうね。いくら娘が中学生とかいっても、絶対、冷凍食品ばっかりになるよ。有君だったら嫌でしょ。そんなの」

有君はネギを散らしたあさりの味噌汁を啜ってから、たまにはいいんじゃない、と言った。

「たまにじゃないって。だって毎日家にいないってことでしょう。でもいいよね。子供が一人だけって。兄弟いないのは可哀想だけど。やっぱり兄弟いなくて一人っ子だとワガママになるっていうじゃん。そういえば今週末に帰って来い、てうちの母親が言ってた。お姉ちゃんがあんなだから、うちしか楽しみがないみたい。まあ、仕方ないと思うけど」

ふいに沈黙が訪れた。

気まずくなって、茶筒の蓋を開けた。急須にどばっとお湯を注ぐ。

無言で湯呑みを差し出すと、有君は上目遣いに、ありがと、と言った。

「ありがと、て顔じゃないけど。どうしたの？」

コロッケのカスが飛び散ったテーブルに視線を落とした有君が、小声で呟いた。

「前から思ってたけど、知夏って、ちょっと性格悪いと思う」

言葉をなくした私に、ごちそうさま、と告げて席を立つと、有君は後ろ手で襖を閉じた。


どろり、となにかが流れ出る感触で目が覚めたのは、真夜中のことだった。

一瞬、有君の言葉のショックで気が変になったのかと思ったけれど、そうではなくて下半身が鈍痛と不快な生温かさに包まれていた。手足だけがひどく冷えている。

有君を揺さぶり起こして宇宙のことを頼んで、救急車だと騒ぎになってしまうので一人でタクシーで緊急外来に飛び込んだ。

診察室のベッドで、まぶたに心地悪い光を感じながら、子供がだめだったことを告げられた。

白髪頭の白衣の医者が
「まだ若いし、これからもチャンスはあるからね」

と励ますように言った。

はい、とだけ答える。べつに悲しくない。先生の言う通り、またチャンスはある。こんなことで泣くほど私は弱くない。

明け方前にタクシーで自宅に戻った。

朝もやの滲む和室で、一つの布団に潜り込んだ有君と宇宙を見下ろした。

ねえ、と膝をついて起こすと、有君はさすがに素早く上半身を起こして

「大丈夫だった？」

と眼鏡に手を伸ばしながら訊いた。

私は、だめだったって、と心なし強めに告げた。

「そっか。残念だけど、また、子供ならできるかもしれないから」

できるかもしれない、というあまりに他人事《ひとごと》みたいな言い方に半ば啞然としたけど、責める気力も湧かなくて

「とりあえず寝るから……宇宙の朝ご飯はよろしく」

と私は布団の中に潜り込んだ。軽い二日酔いに似た頭痛がおさまらず、それでも疲れていたせいか目を閉じたらすぐに眠りに落ちた。

翌日から有君は残業しないで、定時に帰って来てくれるようになった。

玄関を上がるときには背広を脱ぎながら

「体調はどう？」

と訊いてくれるので、私は上着と荷物を受け取りながら、変わりないよ、と答える。それだけで気分がだいぶ落ち着いた。

だけど彼が背を向けた瞬間に子供がだめになった晩の、性格悪いと思う、という一言が蘇った。途端にこの気遣いを信じていいのか分からなくなる。

そもそも子供のことだって、こいつにあんなことを言われたショックが原因じゃないとも言い切れない。宇宙のときには臨月《りんげつ》まで問題なかったのに。

厚切りの豚肉を焼いて、生姜醤油をかけると香ばしい匂いが立った。宇宙とプラレールで遊んでいた有君がのんきな口調で、美味そうだね、と誉めた。

三人で食卓を囲んでいたら、有君が

「この前、打ち合わせで行った洋食屋の味にちょっと似てる」

と呟いたので、私は箸を止めて、仕事で洋食屋行ったの、と首を傾げた。

「うん。上司の女の人がワインと洋食好きで、そうしたら後輩の女の子が、私に任せてください、て調べてくれて。銀座の老舗で、有名なところみたいで」

「後輩って部署の？」

有君は、うん、と頷いたきり、その話の続きはしなかった。だけどいつもとは違い、ほんの数言に妙な具体性があった。

数秒遅れで胸騒ぎが始まって、箸を握りしめた指からじわじわと血の気が引いて、脈だけが速くなっていく。

性格悪いってそういうことかよ。

おかしいと思ったのだ。いきなりそんなことを言い出すなんて。誰かと比べているとしか思えないから。

有君と宇宙が完全に寝入った夜中、絶対に浮気だ、と確信した私はそっと和室を抜け出した。

明かりを消した台所に立ち、有君のスマートフォンを握りしめて思いつくかぎりのパスワードを打ち込んだものの解除できなかった。最後の手段で、眠っていた彼の枕元に戻る。寝息をたしかめてから、右手の親指を慎重にスマートフォンの指紋認証のところに押し当てると、すんなりロックは解けた。すぐに暗い台所へと戻る。

証拠おさえて死ぬほど責め立てて慰謝料請求してやる、と意気込みながらメールを開くと、案の定、昨年から部署に異動してきた後輩の女の名前があった。

はい不倫確定っ、と怒りでばらばらになりそうな手でスクロールした画面に、メッセージが映し出された。

『お返事ありがとうございます。今は奥さんの体が心配だから、てはっきり言ってくださって、すっきりしました。

一度だけ手をつないでもらった夜のことは忘れません。それ以上の関係になりたいなんて望みは捨てます。

それでも、新しい恋に出会うまでは、心の中で好きでいていいですか?』

それに対する有君の返事は短かった。

『ありがとう。気持ちにこたえられなくてごめん。』

だけど次の一文が、私の呼吸を止めた。

『瀬戸《せと》さんは優しいね。』

行き場のない熱のこもった頭が痛くなってきて、鼓膜の奥で耳鳴りがした。

「……体が心配って、なんでこの女が知ってんの」

のろのろと流しの下の扉に手を掛ける。黒い包丁の柄を掴みかけて、床にしゃがみ込む。もうつわりもないのに吐き気がして、うえ、と小さく声を漏らしていた。

瀬戸さんは優しいね。瀬戸さんは。瀬戸さん、は。

頭の中のリフレインは止まらずに胃を圧迫して、私はトイレに移動して生姜焼きを吐いた。


クリスマスのイルミネーションが輝く銀座の街は、ふらふら歩いているとカップルばかりが目についた。コートを着込んだ自分の体がどんどん縮んでいくようだった。

赤い看板のワイン酒場に到着すると、金森《かなもり》は先に奥の席で待っていた。彼女はワイン樽のテーブルにグラスを置いた。

「もう体は大丈夫なの？」

気まずいことをさらっと真顔で訊いたことに、付き合いの長さを感じた。

金森は短大のときから続いている唯一の女友達だ。肩の開いた赤いニットがよく似合う派手顔の美人で、二人でいるときにはいつもナンパされたし、結婚した時期もかぶっている。

「大丈夫。ひさびさに宇宙を連れて、有君も実家に帰ったし。たまには飲むよ」と私は宣言してメニューをくるくると表にしたり裏返したりした。強がってないと足元から崩れてしまいそうだ。

ひさしぶりのサングリアはあっという間に酔いがまわって、共働きの金森の会社の愚痴を聞いているうちに

「でも働いてると、自分のお金と時間があるのはいいよ。主婦とか最悪だし。旦那と子供のために尽くしても、認められなかったらなんの意味もないじゃん」

とこぼしたら、金森は指先で生ハムをつまみながら、なにかあったの、と艶っぽい顔で訊き返した。

「有君に会社の女が迫ってたらしくてさ、断ったけど、手はつないだとかで。しかも……私の子供のことを知ってたっぽい。なにも望まないけど好きでいていいですか、とか書いてあって、もう最悪」

「なにそれ。したたかー。そういうやつが一番嫌い。二十歳すぎた女が清純派ぶんなよ」

金森に共感してもらったおかげで、少し気が楽になった。

「まわりが二人目作ったほうが絶対にいいとか言うから、がんばって、独身で好き勝手してる姉の代わりに親孝行してさ。こんなにやってんのに肝心の旦那はよそで善人ぶって。もう

皆、死ねよ、て感じ」

「まあね。でも子供のことは落ち着いたらまた考えなよ。うちなんて一年くらいセックスすらないんだから。そもそも子供ができるわけないもの」

と慰めるように言われて、私は、それも大変だね、と曖昧に笑って答えた。ぐいっとサングリアを呷ると、頭の中でアルコールが弾けた。

宇宙を出産してから、二人目を作ろうという話が出た晩まで。この四年間に私たちがセックスをした回数は、たったの二回だった。

十代の頃、深夜番組でそんな人生相談をしている奥さんがいて、そんな回数ありえない、自分だったら絶対に離婚するし、と他人事みたいに思ったはずだった。

だけどセックスレスなんてみっともなくて絶対に誰にも話せない。そんなことを口外した時点で負けだし、同情されるなんてまっぴらだ。

言葉が続かなくなった私を、金森は落ち込んでると受け取ったのか
「これから面白いところ行かない？　立って飲んでるだけで次々ナンパされるんだって。有さんだってべつの女と手つないでたんだから、あんたもたまにはほかの男と飲もうよ」

と提案した。

なんでも銀座の一角にそんな通りがあるというものの、まったく知らなかった。世間から

取り残されている実感が募ってってる」

「結婚してるなんて言ったらひかれるって。しかも子供いるなんて、相手にしてみたら終わった。

と自虐的に呟くと、金森は他人事のように、そんなの黙っておけばいいでしょう、と言い放った。

「べつにむこうだって真面目に彼女探してないって。ちょっと遊べそうな子がいたらいいな、くらいじゃない?」

酔いも手伝って、それなら、と心が動きかけたとき、反射的に空っぽのお腹に片手を添えていた。一瞬、気持ちが死んだようになった。

店内の照明は場違いに明るくて、磨き抜かれたガラスケースの中で息絶えた魚もつやつやと輝いていた。

高架下沿いのにぎやかな通りに着くと、金森はビルの地下の階段を下り始めた。

彼女が地下のバーの扉を開けると、中は大勢のサラリーマンと一部の女性客でにぎわっていた。

ドリンクのチケットを買い、人をかき分けて隅のテーブルへ着く間、びっくりするくらいに見知らぬ男たちから顔をじろじろ見られた。年齢はそこまで変わらないのに自分より遥かに綺麗にしている仕事帰りらしき女たちに引け目を感じて、壁まで逃げた。丸首のセーターなんて着て来てしまったことを今さら後悔する。

夫にさえ大事にされていない自分がこんなところに来たって、見知らぬ男たちに品定めされて嫌な気分になるだけなのに、と思いかけたとき
「ここ、いいですか？」

とビールグラス片手に声をかけられて、顔を上げる。

ひょろっとして人の良さそうな会社員が立っていた。好きな音楽はスピッツですって言われたら納得するな、と考えてるうちに、もう一人の会社員が注がれたばかりのビールグラスを運んできた。

視界に滑り込んできた顔に、目が釘付けになった。

「もう、飲んで来たの？」

と予想よりも柔らかい口調で質問された。

「あ、はい」

と頷きながら、マジか、と心の中で呟く。

綺麗な顔に、手足が長くてソフトな物腰。そのすべてに気を取られて言葉が出ない。

そこそこ、どころじゃない。めちゃくちゃ好きなタイプだった。

「名前、訊いて大丈夫？」

「あ、知夏です。お名前訊いていいですか？」

ゆうです、と言われて、反射的にお酒を飲む手が止まった。

「どういう字？」

と思わず尋ねる。

「え？　ああ、ふつうですよ。優しいって書いて、優です」

「よろしくお願いしますー。二人とも会社帰りですか？」

と金森が質問で返したら、会社の同期だという回答だった。

二人とも年上の社会人ということもあって、喋り始めると思いの外きちんとしていた。話も盛り上がったものの、次の居酒屋に行く頃には、優さんの関心が金森に向いていることに気付いた。

仕方ないよな、と美容院でマメに手入れしているであろう金森のロングヘアと艶のある唇を横目に、エレベーターのボタンを押す。

知らない男の人たちが奢ってくれるだけでも今夜は特別だと思おう、といつになく謙虚な気持ちになった。あの一言が、抜けない矢のように刺さっているから。

――性格悪いと思う。

とはいえ居酒屋の個室に見知らぬ男女で四人きりになり、体が本調子じゃないのに気を遣って喋っていると、さすがに疲れてきた。

半乾きのお刺身にも箸が伸びず、それでも帰りたくないので自分の終電を無視して飲んでいたときに突然、私そろそろ終電なくなるから帰る、と金森が席を立った。

「え？　私とっくにないんだけど」

と焦って言いながら、この場に残されることが急に怖くなった私はとっさに

「そうだ、そろそろ酔っ払いも多い時間だから、どっちか駅まで送ってあげて？」

と二人組に向かって頼んだ。とりあえず一人でも帰してしまえば、一対一でそんなに危ない目にあうことはないだろうし、強引になにかされそうになっても逃げられる。

はいっ、とサラリーマンらしい従順さで立ち上がったのは、意外にもスピッツが好きそうなほうだった。お礼を告げる金森の後を礼儀正しくついていった。

優さんと二人きりになってしまうと、束の間、会話が途切れた。

脈もなさそうだしこちらからお会計してもらうように切り出すかな、と伝票にちらっと視線を向けた。

そのとき、向かい合っていた優さんが表情を崩して笑った。

え、という言葉をとっさに飲み込んだ私を手招きして
「ちょっと、知夏さん。こっちおいで」

人懐こい雰囲気に似合いすぎる台詞を口にされて、思わず、え、え、と訊きながらもテーブルをぐるりと回ってとなりにすとんと座った。

「どした、二人きりになりたかった？」

と肩を抱かれて、びっくりしつつも反射的に、それはちょっとあったけど、と答えてしまった。

「よし。じゃあ、もう少し雰囲気の良い店行こうか」

と優さんは初めて積極的に促《うなが》すと、テーブルの上のチャチなボタンを押して、素早く会計を済ませた。

靴を履きながら、金森の言葉を思い出した。遊べる相手。そっか。そうだよ。美人でも気がないより、自分を好きそうなほうにいく。遊びってそういうことだ。

明け方までバーで飲んで、青く霞んだ路上を二人で手をつないで歩いた。

付き合い始めの頃に、私がはしゃいで有君の手を取ったら、びっくりしたように振り払われた。

「ごめん、だけど人前で手をつなぐのって苦手なんだよ。傍《はた》から見たときに、まわりが見えてない感じがして」

そっか、と小声で呟いて引き下がった。頭のいい人はやっぱり考えることが違うよね、なんて心の中で自分自身をフォローしながら。

瀬戸とかいう女の中には、手をつないだ夜だけが残った。

そして妻の私には、手を振り払われた思い出が今も残っている。

タクシー乗り場には誰もいなかった。乗り込む直前に優さんのほうから、また連絡してもいいの、と訊かれ、私は生まれて初めて知らない男に番号を教えた。

芝生の伸びた団地の片隅に、集会場という名の平屋が建てられたのは数年前だ。

室内に入ると、お年寄りたちが勢揃いしていた。畳に差す日差しが、いくつもの痩せた影を伸ばしている。

湯呑みにお茶を注ぐたびに皺だらけの手が伸びてきて、お礼とともに持っていく。

おじいちゃんたちって礼儀正しいな、と思っていると、強いパーマを髪にあてたエプロン姿の仁科《にしな》さんが

「若い子にしか言わないのっ。うちでは一文字以上まともに喋らないんだから、ま、とか、あ、とか、む、とかねっ」

怒ってるわけでもないのに強い口調でまくしたてると、私の肩を笑顔で叩いた。きっとこの人には女の悩みなんてもう一つもないんだろうな、とぼんやり考える。

彼らが話し合っている間、私は隅っこで宇宙の相手をしつつ聞いていた。

次第に舟をこぎかけていたら
「それでいいでしょうかね。一致したっていうことで」

という台詞ではっと顔を上げた。以前から希望が出ていたゴミ捨てボックスの購入は却下されたようだ。収集日前に捨てる人が出てくる、管理する手間が増える、という反対を打ち砕くほどの意見が出なかったらしい。

大量の湯呑みを流しに下げていると、臨月のお腹を抱えた新井《あらい》さんが来て
「ゴミ捨てが朝だけってちょっとつらいですよね。年配の人たちの意見も分かりますけど」

と片付けを手伝うふりをして小声で訴えた。

「じゃあさっき意見すれば良かったですよね？」

と指摘したら、彼女は怯えたように黙った。お盆を掴んだ手は小さくて、繊細そうな童顔は少し姉に似ている。よけいにイラついた。

いい子って、とタオルで手を拭いながら心の中で呟く。まわりに汚れ役を押しつける人種のことだ。

宇宙の手をひいて階段を上がりかけたとき、スカートの中でスマートフォンがふるえた。昼間でも薄暗い階段脇に強い光が灯る。

『今度、飲みに行きませんか？　都合なら合わせます。』

ママ、と呼びかけられて、とっさに隠すために、行こう、と手を握った。宇宙は嬉しそうに私の手を引いてドアへと向かっていった。

鍵を出そうとしたら、ポケットから滑り落ちて、足元で鈴が高い音をたてた。なにかが決定的に壊れたように感じられて息を潜める。だめだ、とさすがに思った。二人きりでなんて会えない。

宇宙がおもちゃ箱をひっくり返している間、膝の上に広げたバスタオルをたたむ手が止まっていた。ホットカーペットはぬくい。足を崩し、ベランダの向こうの空を見送る。

またいつの間にか夕方になって、有君が帰ってきて、嚙み合わない会話をして眠る頃には一日分、歳を取っている。

そんなふうにあと十年、二十年と息を殺して、宇宙を成人させた後に私はどうしたらいいんだろう。

優さんに一応礼儀としてメールを返した。普段はそんなに飲まないから、と。これくらいのやりとりだったら罰は当たらないだろう。

洗濯物を隅に寄せ、テレビをつける。

野球選手と結婚した元モデルがエプロンをつけて、最新型のキッチンで手料理を披露していた。凝ったレシピは参考にならないけど、この時間帯にひとりぼっちの主婦を救うくらいには明るい。

エプロンの紐が結ばれた腰の細さを羨みながら、彼のことは出会った瞬間から大好きだった、とのろける元モデルを眺めていた。好きな人と結婚してずっと一緒にいられたら幸せだろう。

転がったスマートフォンを見て、呆然とした。

いま私いったいなんて思った?

光が点滅する。ロックしていないスマートフォンの画面に浮かんだ名前とメッセージは、開かなくても読めた。

『この前は、飲ませすぎたかも、と心配してました。ごめんね。』

思わず、こっちが勝手に飲んだから、と送り返すと、安心したような内容の返信が来た。つい和んで、優さんはお酒強いんですね、と送ってみる。

『俺もかなり酔ってましたよ。普段は飯作りながら飲むくらいです。』

『料理するんですね。なにが得意ですか？』

『基本、炒めるだけですよ。知夏さんは料理得意？』

『苦手ではないけど、私も基本、炒めるだけです。』

笑っているような返事が来て、一度きりしか会ってないのに、慣れてるのかな、と疑いつつも、そもそも慣れているかなんて自分には関係ないのだと考え直してスマートフォンにロックをかけた。暗証番号はとりあえず優さんに会った夜の日付にしておく。連絡が途絶えたらロックも解除して記憶ごと消してしまえばいい。

ひさしぶりに有君が残業だったので、宇宙に五目焼きそばを作ってあげて、台所のテーブルで向かい合って食べた。

大好物の海老がいっぱい入っていることに気付いた宇宙が
「ママ、エビありがとう」

と笑い、ひさしぶりにしみじみと、可愛いな、と思った。

一枚の布団に潜り込んで、頬を寄せた宇宙が眠ってしまうと、天井の木目を遮るように目をつむった。まぶたの裏に、銀座の光がじわりと滲んだ。

優さんって綺麗な顔してたな、とあらためて思う。

どうせ二度とない時間の記憶だったら、それだけでいい。

有君が帰って来た物音が聞こえた気がしたけど、私は起きなかった。

クロワッサン、豆から挽《ひ》いたコーヒー、生クリームたっぷりのスクランブルエッグ……なんていう胡散臭《うさんくさ》いNYの朝食をテレビ越しに見ながら、朝っぱらから戦隊物ヒーローの真似をする宇宙を叱っていると、ゴミ捨てから戻った有君が
「今、新井さんに会ったよ」

とダウンジャケットを脱ぎながら言った。

私は目玉焼きをお皿に分けながら、そう、と素っ気なく返した。

有君はちらっと私の横顔を窺った。その様子が引っかかって
「どうしたの？」

とフライパン片手に振り向いたら、彼は困ったように
「なんか、喧嘩したの？」

と訊き返してきたので、私は啞然として眉根を寄せた。

「誰が？」

「新井さんが、知夏のことを怒らせた、て。気にしてたみたいだよ。僕に謝っておいてほしい、て」

集会の決定に対する不満が、どうして私たち個人の諍《いさか》いの話になったのか。わけが分からずに反論した。

「違うよ、それ。あの人がゴミ箱買わないってときに表立って反対しなかったから、注意しただけで」

「そうなんだ。でもさ、そういうのって言いづらいと思うよ。新井さん、大人しそうだし」

「じゃなくて、それがどうして私と喧嘩したことになってるわけ。だいたい有君に言うのも

卑怯《ひきょう》じゃん。ああいうタイプってすぐに男を味方につけようとするから、同性に嫌われ」

と言いかけて、有君がうんざりした顔をしていることに気付いた。

なんで私が、と泣き出しそうになったとき、おもちゃの散らかった床のどこかから、リン、と澄んだ音が響いた。

有君に残りの支度を、やっといて、と押し付けて、レゴブロックと線路の間にそっと足を踏み入れる。

拾い上げたスマートフォンのメールを読んで、強張っていたものが急激にほどける。

『おはよう。世間は休日ですが、出張です。』

出張だったらきっと新幹線の中だから迷惑じゃないだろう、と予測して、すぐに返信する。

『おはようございます。大変ですね。どこに行くの?』

『仙台です。お土産に牛タン買ってきましょうか?』

冗談めかしてはいるものの、どきっとした。こんな露骨な誘い文句に、と思いながらも、喉に詰まったままの言葉が溜まりすぎて苦しくて、迷うよりも先に返事をしていた。

『それだと一度くらい飲みに行かないとですね。』

『本当ですか。再来週なら、わりとどこでも大丈夫です。』

『じゃあ土曜日は？』

『大丈夫ですよ。楽しみです。』

「でもまずは仕事がんばってくださいね」

と思わず呟きながらメールを打ったところで、有君と宇宙が待ちかねたように

「先に飯食うよ」

と声をかけてきた。振り向いて、食べてて、と言い捨てると同時に返信が届いた。

『ありがとう。行ってきます。』

さっきまで殺伐としていた室内から仰ぎ見る、ベランダ越しの空は白く眩しかった。

混雑した日曜日のパンケーキ屋にやって来た姉は、心なし、ふっくらしたように見えた。

ガラス越しに乱反射する日差しに目を細め、店内を見渡してから、目が合うと
「知夏。お待たせ。ごめんね」

どこか後ろめたそうに笑い、向かいの椅子を引いた。

べつに大丈夫だから、と素っ気なく答えて、開いたメニューを差し出す。

「あ、ブルーベリーとリコッタチーズなんていいね。それにしようかな。知夏はパンケーキどれにする？」

と訊かれたので、私はいらないと首を振った。

「ダイエット始めたから。今日もこれからジムの無料体験と岩盤浴行ってくる」

いきなりそんなことを言い出したら有君に怪しまれるに決まっているので、姉と話し合うから宇宙を見てて、と半ば強引に押し付けて家を出てきたことはもちろん内緒だ。

「へえ。いいね、体に良さそうで」

と姉が言ったので、私はあきれてしまった。この人には女を磨くという発想がないのだろうか。

そういえば同棲相手ってけっこう年上だったな、とふいに思い出す。おじさんたちにしてみれば、一回り以上も年下で従順な女だったらそれだけで可愛いのだろう。

私が蒸し鶏のサラダとオニオンスープを頼んで、姉がブルーベリーとリコッタチーズのパンケーキを頼んだ。

「でも私も最近、体重増えたんだよね。椎名さんって年齢のわりによく食べるから。私たち姉妹って意外と体質的に太りやすいのかな」

と姉は困り顔を作ったものの、言葉の端々に満たされている気配が滲んでいた。どうしてだろう。ぼんやりと考える。どうして大きな問題を抱えた、年齢差もあって先行き不安な姉のほうが私よりも安定していて幸福そうなのだろう。

苛立ちと焦りがこみ上げて

「じつは、会うか迷ってる人がいるから、お姉ちゃんの意見も一応聞こうと思って」

と私は切り出した。

姉はきょとんとして、会うって、と首を傾げた。

また苛々して、どうしてこんなに鈍いのだろう、と途方に暮れる。金森だったらきっと、それって色っぽい話でしょう、とすぐに反応してくれるのに。

相談相手を間違えたと思いながらも、今さら引っ込みもつかずに続けた。

「金森と飲みに行ったときに、バーで声をかけられた人で、正直……すごい好きなタイプでさ。家事と育児でずっと籠りっぱなしで、ストレスも溜まってたし、ちょっと会って飲みに行くくらいだったら」

突然、姉が驚いたように
「え、知夏。それって浮気とか不倫とか、そういうことじゃないの？」

と訊き返した。いきなり話が大きくなったので、そんなんじゃないし、と即座に否定した。

「だってバーって……その人、知夏が結婚して子供いるって知ってるの？　そもそもまともな人なの？　二人きりで会うなんて、むこうだって当然期待するでしょう」

たて続けの正論に、さっきまで熱を帯びていた心臓に不快感の塵《ちり》が積もっていくのを感じた。手足が冷たくなっていく。

「子供のことでショックだったのかもしれないけど……自分を粗末にするのは良くないよ」

テーブルごと突き放すように席を立つと、姉が動揺したように肩をふるわせた。お揃いみたいなニットワンピースを着た女子大生たちが怯えたように黙った。

どうして、と心の中で呟く。私が喋るといつだって誰かが怯えたり不快になったり誤解したり。

「帰る」

と告げて伝票を握ると、姉が驚いたように言った。

「私が払うよ」

姉はいつもこうやって頼んでもいないことまで先回りして気を遣う。子供の頃からそうだ。お正月に親戚が揃ったときに靴を並べ直したり、もらったお年玉へのお礼の葉書を送ったり。そのたびに言われた。

知世ちゃんは女の子らしいのに、妹のほうはいつも自分のことばっかりで。

だけど私だって、必要な手伝いはそれなりにやっていたのだ。いかにも、やってます、みたいな態度は苦手だから黙っていたら、誰も見てくれなかっただけで。

「知夏はワガママだから、大人しい旦那さんもらって尻に敷くのが似合うわよ」

そんなふうに笑った親戚のおばさんたちは、きっと結婚して幸せだったのだろう。

レジで投げるように数千円出して、凍えるような銀座の街へと飛び出した。

白い息を吐きながら、優さんにメールを送る。すみません。やっぱり再来週は難しそうです。

ポケットにしまおうとしたら電話が鳴った。姉からの謝罪だろうかとうんざりしながら画面を見て、動揺のあまり息が詰まる。

「もしもし、」

と呼びかけると、轟音《ごうおん》に遮られて、最初は上手く聞き取れなかった。

「あの、知夏です。優さんですか？」

そうです、という声が唐突に鮮明になり、トンネルかなにかを抜けたのだと気付いた。

「すみません、いきなり電話して。先日はありがとう」

「え、いえ、こちらこそ」

「無理に誘って、気を遣わせたかと思って」

と説明する声は想像していたよりも地に足がついた男の人だった。気が抜けて、もう出張帰りですか、と尋ねると
「うん。あと一時間もしないうちに東京駅ですよ。知夏さんは家？」

「いえ。あの、今まで銀座にいて、どうしようかな、て」

と説明しながら、自分の足が東京駅に向かっていることに気付いた。

白い冬の日差しがまだ残る街を、たくさんの通行人を掻き分ける。時間はまだたっぷりあるのに信号機で止まるのすらもどかしく感じた。

「マジか。偶然ですね」

「偶然、ですよね」

二人で同時に黙った。一呼吸おいてから、優さんがとても丁寧な言い方ではっきりと
「会いますか？」

と訊いた。目の前で風船が割れたように真っ白になった。足を止める。呼吸を整えながら
「ちょっと今時間見て、考えてみます」

この期《ご》に及んで怖気《おじけ》づいた私に優さんは到着の時間を告げると、急なので無理ないようにしてください、と言い残して電話を切った。

交差点の片隅に立ち、老舗のデパートだらけの風景を見渡す。バッグの中の財布にはクレジットカードがあるけど、今月は厳しいから服とか買えない。髪もそこまでちゃんとしてないし、まだ痩せてないし。

東京駅に着いたときにも、めまいがするほど人が吐き出されてくる八重洲中央口で迷っていた。

マフラーを巻き直して、背骨まで緊張させて、ポケットに手を突っ込んで待った。迷子の子供みたいに。一分、二分と到着の時間が過ぎていく。

二度目なんて意外と顔も分からないかもしれないと思っていたけど、灰色のコート姿の男たちの中にはっとするほど好きな顔を見つけて、視線を止めたら、むこうもこちらを見た。

彼が無防備に笑った瞬間、一陣の風が吹いたように迷いも現実もさらわれていた。

「あの、優さんですよね」

と足を一歩踏み出して確認のために尋ねると、彼は、うん、と明るい声で頷いた。

「本当に来たか、ありがとう。びっくりした」

という柔らかい口調で、たしかにあの夜に出会った人だと実感した。よくあるスーツを着て、ビジネスバッグを持った姿は、記憶よりも普通の男の人に見えた。嫌じゃなくて、むしろ安心した。

「どうしようか。東京駅出るとなにもないから、ちょっと中で軽く食うか飲むかしますか？」

と歩き出しながら訊かれて、うん、と答えた。

ひさしぶりに来た地下街はびっくりするほど綺麗になっていて、色んなお店が軒を連ねていた。

ひときわ盛況な店に惹《ひ》かれて、中を覗き込むと、ビアホールだった。煉瓦《れんが》造りの内装の店内をビールジョッキ片手に行き来する店員たち。

「お、ビールいいな」

優さんが呟き、私はすぐに、行こうよ、と返した。

カウンター席に横並びになって、ビール二人分とポテトフライとブラックペッパーのきいたソーセージを頼む。

周囲の喋り声が大きいから少しくらい言葉が途切れても気にならなくていいな、とメニューを閉じながら考えていたら
「知夏さんってテキパキしてていいな。俺けっこうなんでも時間かかるから」

と誉められて、嬉しくなった。

そんなことないよ、と首を振りながら、そういえば付き合い始めの頃は有君も同じことを言っていたことを思い出す。

大人しい子ってだめなんだ。なに考えてるのかよく分からなくて。

遠慮がちに申告していた有君はいつから、清純派ぶった部下の女のアプローチを優しさだと感じるようになったのだろう。たしかに宇宙を産んでから、余裕がなくなったのは事実だ。その余裕のなさを埋めてくれるほど誰かに優しくされた記憶が、私にはない。

「自分では良かれと思ってやってるんだけど、たまに性格キツいって言われるから、気をつけなきゃいけないと思ってて」

運ばれてきたビールで乾杯しながら、私は思わず言った。

「ああ、そういう子って会社にもいるよ。それで、ある日突然、糸が切れて辞めちゃったり。大して働いてないほうが、たまにやる気出すと認められたりして。とくに女の子は未だにそ

ういうところありますね。ちょっとくらいゆるいほうがいい、て」

真面目に話をする優さんを見つめながら、うん、と私は小さく相槌を打った。

取り皿に左手を添えたとき、血の気が引いた。

左手の薬指に嵌まった指輪の存在をすっかり忘れていた。

今さら引っ込めることもできない左手をテーブルの上に残したまま、優さんの表情を窺う。

目が合うと、当たり前のように
「ん、どうした？」

と訊かれた。私は、いえ、と曖昧に首を横に振った。目に入らないわけはないから予想の範囲内だったのだろうな、と心の中で納得する。

塩気のきいたフライドポテトを齧って気持ちを収めようとしたそばから、肩が重なるように触れて心音が否応なしに上がった。

好きになんてなりたくない。なっても仕方ない。それでも。

言いかけると同時に、音もなく天井の明かりが消えた。

えっと声を漏らす。外の通路には明かりがついている。一瞬の無音の後、潮騒のように動揺する声が押し寄せた。店員さんたちもどうしたのだと顔を見合わせている。

「今、店内の配線を調べていますので、席でお待ちください」

薄暗くなった店内は世界から切り離されたみたいで、冷蔵庫や空調の音が途絶えると、それだけでずいぶん静かだった。

寒気《さむけ》を感じてコートを羽織ると、優さんが私の顔を覗き込んで、大丈夫ですか、と訊いた。

私は強く頷いた。永遠に復旧なんてしなきゃいいのに、と酔った頭で考える。左手を伸ばしたら、握られたので驚いた。顔を見上げる。

「そんな目で見るなって」

と冗談めかした口調は、拒絶じゃなかった。

後悔しないように強く見た。綺麗にふくらみかけた月のような瞳を。寄り添うように前かがみになってきた優さんが、キスしよか、と言った。声もなく頷く。がらにもなくふるえながらキスしていた。

目を開けると照れ臭いから、足元に視線を落とした。

お土産の紙袋が開いていて、中にリボンの掛かった箱があった。どう見ても女の子に渡すためのものだった。

予想よりも傷ついている自分にびっくりした。こっちだってもっと大きな隠し事をしていたのに。

ようやく顔を上げて、優さん、と呼びかけた。

「彼女、います？」

うん、と彼はまっすぐに答えた。いるよ。

「前は仲良かったけど、もう二カ月くらい会ってない彼女なら」

と笑った顔が少しだけ淋しそうで、ああ、同じだから惹かれたんだ、とようやく心の中で納得した。

「それで声かけてきたの？」

優さんはそのときだけ真顔になると、考える間も置かずに言った。

「それもあるけど、二人とも可愛かったから」

そっか。私は笑って言った。しみじみと切なくなって、でもいい答えだなと思えたから

「飲もう！　ね、元気出そう」

と言い切って、厨房の奥にいた店員を大声で呼んだ。

散々ビールを飲んでいるうちに電気がついて、店内はにぎやかさを取り戻した。

最後はふらふらに酔って改札口を出たところまで優さんに送ってもらって、タクシーに乗り込んだ。

彼もすっかり酔っ払っていて、閉じかけたドアの隙間《すきま》から突然、体を割り込ませてきたのでびっくりした。

「知夏さんのおかげで元気出た。今日はありがとう」

走り出すタクシーの窓越しに一度だけ手を振って、抱え込んだバッグに顔を伏せた。バッグの中ではずっと電話が鳴っていた。

優さんは手を握り返してくれたな、と思い返した瞬間、理性で押しとどめるよりも先にどっと涙が流れていた。

結婚とか出産とか親孝行とか、人生には必須なのだと信じてた。

それなのに、いつの間にか、時代はそんなのなくても生きていけるようになっていた。

何度言ったたって、旦那は好きな食べ物一つ覚えてくれない。子供が流れたことを知らせたって、母親は遠いからって様子一つ見に来ない。

どこへも行ける孤独だってあるだろう。だけど、どこへも行けない孤独だってあるんだ。

嗚咽《おえつ》を堪えて、今から帰る旨をメールで送り返した。母の言葉が蘇る。

知夏は現実的で強い子だから。

強いだけが取り柄の私はこのままずるずると堕《お》ちて、だめになるわけにはいかない。言いたいことなんて、と口の中で呟いた。本当はちっとも言えてないよ。

そのことに気付いたら、少しだけ姉や新井さんの気持ちが分かった気がした。

宇宙が眠ると、私はいつものように寝間着姿で薄暗い台所に立った。溜まったお皿やお茶碗を洗っていたら、襖が開いて、有君がぼんやりしたまま起きてきた。

「今日ずいぶん酔ってたけど、なんかあったの？」

と訊かれて、とっさに奥歯を軽く嚙んでから、切り出した。

「なんかさあ、会社の女と手つないだんでしょう」

返事はなく、振り返る。

有君は石のように全身を強張らせて突っ立ったまま

「……うん。でも断ったから。ごめん」

とだけ言った。

新婚当時に購入したスチール製の水切りカゴには水垢《みずあか》がこびりついていて、いつの間にこんなに時間が経っていたのだろう、とにわかに気が遠くなった。

私は濡れた手でダイニングテーブルの縁を摑んだ。

「分かってるよ。べつに言い訳とかいらないし。有君もともと淡白だもんね。それでも結婚前は違ったよね。もうちょっと抱き合ったりセックスしたりさあ、してたよね。今はもう逃げ腰くらいの勢いだけど。そういうの、ちょっとした契約違反じゃない？」

有君は小さくため息をつくと、セックスだけが愛じゃないよ、と諭すように言った。まるで宇宙よりも理解力のない赤ん坊に説くような口ぶりで。

あきれて息を吐くと、数時間前に手をつないでキスしたときの幸福な体温が蘇ってきた。まぶたが熱くなる。

「なんでそんなに分かろうとしてくれないの？」

抑制しようとしたけど、やっぱり大きな声が出た。

「セックスが愛だなんて言ってないよっ。妻が求めてることや喜ぶことに無関心なのが問題だって言ってるんだよ。分かってないのはそっちじゃん。そんなこと言ったら料理だってべつに義務でも愛でもないよ。私がご飯作るだけが愛じゃないからって言って作んなくなって、数年に一度だか、冷凍食品チンしてファミレスの劣化版みたいな食事を出して、私がんばったでしょう、みたいなことを言ったらどうなの。愛されて嬉しいなあ、て思えんのっ？」

有君は数年ぶりに私の顔を正面から見据えた。疎むように、怯えたように。

それでも反論できないと悟ると、目を静かにそむけながら
「分かった。善処《ぜんしょ》、するから」

と小声で呟いた。

善処って人生で使ったことないな、と皮肉のように考える。こんなときでも悪役みたいな自分が嫌いだな、と思った。そういう役回りを押し付ける夫も。

「私、この団地を出ていくから」

と言い切ったら、有君は初めて本気で動揺したように、ちょっと待ってよ、と早口に告げた。

「いきなりいなくなるなんて言うなよ。それに宇宙がいるのに」

「いなくなるなんて言ってないよ。ただ、私は妻じゃなくて、一人の人間に戻る。宇宙は大事だから面倒見るよ、この家で。ただ働く。宇宙と暮らすくらいの生活力がつくまでは、通いで来るから。有君の家事とか料理はかならずしもやるわけじゃない。したくなって、気が向いたら、自分の気持ちのままに素直にやる。それが本来の愛の行為の形だから」

タクシーの中で考えた思いつきをすべてぶちまけると、有君はろくに考えもせずに
「そんな生活は上手くいくわけない」

と言い切った。

有君を一瞥して、私は宇宙の眠っている和室へとむかった。

布団を捲ると、熱のこもった体が丸まっていた。頬を寄せて目をつむると、ふくふくとした手が伸びてきて、私の髪を引っ張った。痛い。だけど誰よりも熱い手。

子供なんて大して好きじゃなかった。だけど毎日嫌だとか面倒だと思いながらも、放り出すことは考えなかった。この子だけは。

夫婦関係を続けないと子育てが上手くいかないのが問題なんだよ、と闇にむかってぼやく。

八十歳とかまで生活も信頼もセックスもぜんぶ一人に背負わせるとかが大前提になってることが、よく考えたらむちゃくちゃなんだよ。結婚制度がもっと多様化すればいいんだ、などと考えながら、ひさしぶりに本音を吐き出して空っぽになった体を柔らかく丸めて眠った。どうなるか分からない明日のために。

石垣島、新婚、夢の話をしよう

まだ青白い朝のうちに出発したから、石垣島に着くまで眠るつもりだった。

機内で目覚めたとき、到着までは一時間近くあった。冷房でうっすら冷えた体をワンピース越しにさする。青や赤の花が散った、柔らかなシルクの肌触り。数年前に社員旅行でハワイに行くときに買ったリゾートワンピースは、まだ似合っているはずなのだけど。

石垣空港内はやけにぴかぴかと明るかった。ロビーを見渡して、空港の頭に、新、という漢字がくっついていることに気付く。

「君、名前が変わったのも知らなかったの？」

とからかう椎名さんに言い返しつつ、トランクを引っ張って、街へと向かうバスに乗った。

バスは国道をマイペースに走っていく。青空の下で、ヤシの木が大きく揺れている。今日はたぶん風が強い。

久しぶりだな、と呟く彼のとなりでカーディガンを取り出して羽織り、うとうとしているうちに着いていた。

この旅から帰ったら、入籍することになっている。もっとも私の親はまだ反対しているので、結婚式なんかは焦らずにおいおい考えることにして。

リビングのソファーで白ワインを飲みながら、記念にどこか旅行しようという話になったとき
「石垣島へ行ってみたいんだ」

と言われたので、私は驚いた。

「いいけど椎名さん……石垣島って」

椎名さんは真顔になって、うん、と頷くと
「だからこそ、いつかもう一度行ってみたいと思ってたんだ」

と言った。

「たしかに海外よりも気楽だし、いいかも」

と私は注意深く答えてから、決めた。

「分かった。行こう」

そして今、私たちは石造りの建物を見て歩き、強い日差しを浴びている。肌があっという間にべたついて、それは汗というよりは潮風なのだった。

市場の近くに日陰のカフェがあった。喉が渇いたので、ひとまず入って木の椅子に腰掛ける。

椎名さんと一緒にアイスコーヒーを注文した。彼はアロハシャツじゃなく、ごく普通の茶色い半袖シャツを着ている。私のリゾートワンピース姿を嬉しそうに見た。

「やっぱり南の島では、そういう格好が映えるな」

「ちょっと派手かな、と思ったけど。うん、このアイスコーヒー美味しい。もうお腹空いてきたね」

「昼飯ならソーキそばもいいけど、この近くで山羊汁《やぎじる》が食えるみたいだから、ちょっと気になってたんだよ。どうかな」

椎名さんはそう提案して、アイスコーヒーを最後まで飲み干した。

炎天下の道を歩いている間、山羊かあ、とちょっと思った。クセがあってあまり得意じゃないことを言い出せないままついていく。

「椎名さん」

と呼びかけたけど、聞こえなかったのか、彼はすたすた歩いていく。頭脳労働ばかりの腰だって、女の私よりはずっとがっしりしている。広い背中も眩しくて、まだまだ知らないことのほうが多いんだと実感した。

結婚したって、すべて理解できるわけじゃない。これから長い時間をかけてすり合わせていくのだ。

「うわ、想像してたよりも面白い店だよ」

椎名さんが笑ってから、開放的な水色のお店に入った。

中を見て、びっくりする。壁一面に、白い歯を光らせた石原裕次郎的な青年の古い写真が貼られている。

日に焼けたおじいちゃんが、ぱっと飛び出してきた。

「あんた、知ってるか!?　これ、トニーだよ。はい、なに食う？　山羊汁にしようか。あと、そばにしなさい」

早口でまくしたてられて、ほとんど親戚の家に来たみたいに、あっ、はい、と頷く。まさかこのおじいちゃんがあの青年だったのかしら、と私は訝しんだ。

おじいちゃんはにかっと笑って、今度は椎名さんのほうを向き直り
「あんた、可愛い彼女連れて幸せだねえ。ところで釣り好きか？」

と唐突に訊いた。

若い頃はたまにやりましたよ、と椎名さんは答えた。東京で外食するときよりも、気楽な親しみを込めた口調で。

「そうか！　釣りはいいぞ」

とおじいちゃんは嬉しそうに言うと、厨房へと消えていった。

しばらくして運ばれてきた山羊汁は、思ったよりもあっさりとしていた。野性味の残る肉はたくさん煮込まれているからか、塩と生姜をのせて食べると、口の中でほろほろ崩れた。しつこい脂もなく、さっぱり。八重山そばには島トウガラシや特製の胡椒をかけた。最後にさらっとしたチャイを飲むと、やっぱり甘い胡椒の香りがして、胃が落ち着いた。すっかり気分が良くなっている自分に気付いて、少し悔しくなる。椎名さんはゆっくりと味わうようにチャイを飲んでいる。

トニーは本当に石原裕次郎と同世代の日活俳優で、人気絶頂のときに二十一歳の若さで死んだのだった。そよそよと前髪に扇風機の風を受けながら、ちょっとだけしんみりする。

おじいちゃんがふと

「二人は結婚してんのかい？」

と訊いた。

「じつはもうじきするんです」

と答えて、お揃いの指輪を見せた。

「なんだ、めでたいなあ！　彼女、いい人逃さなくて良かったね」

おじいちゃんは最後まで笑顔で言い切った。そうか、と心の中で思う。椎名さんは、いい人、なのだ。そうか、となんだか納得して、店を出た。

ゆっくりと手をつながれて、じわりと体温が上がる。南の島で男女二人きり。その実感がにわかに色濃くなっていく。

タクシーが海辺のコテージ風のリゾートホテルに到着した。雑誌を見て、私がどうしてもとリクエストしたのだ。

椎名さんは街に近いホテルが良かったみたいだけど、チェックインを済ませて、赤や白のハイビスカスが咲き乱れる中庭を眺めたら
「いやあ、いいなあ」

としみじみ呟いた。

二人で番号のコテージを探して、敷地内をさまよう。色鮮やかな南国の花と、どこまでも続く平屋の赤茶けた屋根瓦。道の先には、輝く水平線が見えている。

鍵を開けて、綺麗な室内に入ると、ため息が漏れた。ぽんとベッドに腰を下ろす。白いカーテン越しに、庭の瑞々しい植物の葉が揺れる。

「泳ぐ」

と私はぱっと立ち上がって宣言した。肘掛け椅子でくつろいでいた椎名さんが、もう行くの、と訊き返した。

「うん。とにかく、泳ぎたい、海、海」

空腹のように青い海を欲していた。床のトランクを開けて、この日のために買った水玉の水着を出す。水着なんて何年ぶりだろうと思いながら、バスルームで着替えた。

コテージからすぐのビーチは、静かで波も穏やかだった。

太陽が雲からすっきりと顔を出すと、海面は宝石のような輝きを帯びた。私はしばし呆然として、額に潮風を受けていた。

「すごい」

と呟くと、となりの椎名さんが手をつないで、泳ぎに行こう、と促した。上半身裸で距離が近いとどきっとする。左のわき腹にほくろがある。

透き通った海の底を、たくさんの魚の群れが通り過ぎていった。

冷たい海水に飛び込んで、泳いだ。どこまでも気持ちが良くて、永遠に終わらないような時間だった。

夢中で泳いだらさすがに疲れて、タオルを羽織ってコテージへと戻った。

玄関でサンダルを脱いで、椎名さんへと視線を向ける。裸の背はもう日焼けしていて、普段よりもたくましく見えた。

交代でシャワーを浴びてベッドへと戻ったら、濡れた髪を乾かす間もなく、目の前に椎名さんが立った。

「え、もう」

と言いかけた私をベッドに押し倒して
「俺は待ちくたびれたよ」

と彼は苦笑した。二の腕に浮かんだ筋肉に見惚れて力が抜けた。近付いてきた顎には無精髭が浮かんでいる。目尻に寄った皺。大人の男の人だ、とまた思う。

陰った室内で、素肌の心地よさに溺れながら、心の中で呟いた。ずっと一緒にいられますように。長く生きられますように。

腕や脛にくらべて、まだ焼けていない胸板や腰骨を見ていた。


「いただきます！」

オリオンビールのジョッキは、表面が曇るほど冷えていた。喉でごくっと飲んで、そのすっきりとした軽さに息をつく。

畳に足を崩して、目の前に運ばれてきたお皿を見た。鮪の炙り、淡く白いブダイ、てりてりの石垣牛の握り。それにふっくらと粒の育った海ぶどう。

「石垣牛、すごいー。脂がとろっとろ。塩も美味しい」

「おー。美味いなあ。うん、ブダイはさっぱりして、適度に締まってる。ちょっと醤油が甘いのかな。南国にはすっきりしたオリオンが合うなあ」

島のお寿司屋は、夕方でもう満席だった。にぎやかな喋り声があちらこちらから聞こえてくる。

「ホテルで食事もいいけど、やっぱりこういうのが楽しいね。島の雰囲気も分かるし」

と言っていたら、肩からするっとカーディガンが落ちた。なんとなくそのままにしていたら
「もう日に焼けてるな。白いワンピース着てると、コントラストがエロいよ」

と椎名さんは嬉しそうに指摘した。さっきのセックスが思い出されて、肌がむずがゆくなる。

私だけが泡盛のソーダ割りを飲み始める頃には、頭の中がとろとろに溶けて、旅の緊張も
完全にほぐれていた。

「みんなに羨ましがられたから、お土産買って帰らないと」

とふやけて笑うと、椎名さんは、君の友達と妹にね、と頷いた。

「そう、あの子どうするつもりなんだろう。まさか家を飛び出すとは思わなかった。しかも
たまに会ってる男の人がいるとか、もう、めちゃくちゃだよ」

私がぼやくと、椎名さんが優しくフォローした。

「でも知夏ちゃんは、君と違う意味で力が入りすぎてるところがあったから。前より雰囲気
が柔らかくなったと思うよ」

「そうかもしれないけど。挙句の果てに、お姉ちゃんが好きにしてるから悪い影響受けたんだよ、て私のせいにされるし。なんなの」

椎名さんは声を出して笑った。

「有さんは、離婚するなら絶対に親権渡さないって言ってるみたいだし」

「宇宙君は大丈夫なのかな？」

と訊いたときだけ、椎名さんの口調が真剣になった。

「平日は知夏が戻って、世話してるみたいだけど。可哀想だから早めにちゃんとするって言ってたけどね。大丈夫かなあ」

椎名さんが、人生どうにかなるよ、と諭して
「僕がどうにかなってるくらいだから」

と続けた。そうだね、と頷く。

「でも仕事から離れられるっていいね。久しぶりの開放感」

「君ほど仕事が好きでも、そんなふうに思うんだな」

と椎名さんは冗談交じりに言った。

彼が、いずれ会社を辞めようかと思ってる、と切り出したときはさすがに驚いた。

「マンションのローンを払い終えたらだけどね」

と付け加えたので、やっぱり内心ちょっとほっとした。

「前からフリーになりたいとは思ってたんだよ。長くやって来たから、一応、食うには困らないくらいの人脈はあるし、なにより時間は有限だから、かならずしも仕事を最優先に生きなくてもいいんじゃないかと思って」

と椎名さんは説明した。

私はまだ一生を永遠のように錯覚している。だけど椎名さんに見えている景色は違うのだ。それでも結婚を考え直そうとは思わなかった。万が一のときでも、質素に暮らせば困らないくらいの収入は私にもあって、それを私は嫌々やるわけじゃない。ただ好きで働いているのだから。

なにも変わらない、と思えた。

椎名さんはさんぴん茶のコップ越しに私を見ながら、今夜はゆっくり寝られそうだな、と言った。

私は海ぶどうを口に入れた。甘酸っぱくて、嚙むと、歯の奥で小さく弾けた。

早起きして、ハイビスカスの花が咲き乱れる中庭を見て、レストランの窓辺の席で朝食のビュッフェを楽しんでいたら

「せっかくだから島をぐるりと回ってみようか。君は初めて来たんだし」

と椎名さんが言った。

「いいの？」

「ん、なにが？」

と椎名さんは訊き返してから、温泉卵をつるっと飲み込んだ。美味しそうなので、私も取ってこようと思った。

「椎名さんは前も観光してるだろうし、退屈じゃない？」

「そんなことないよ。あるいは久々にバイクで走るのもいいかな、と思って」

「バイクで？」

「うん。これくらいの島だったら、レンタカーよりもバイクのほうが景色も見られて、いいんじゃないかと思って。大丈夫なら、君を後ろに乗せて」

突然の提案にわくわくして、賛成、と答えた。ムードのあるリゾートもいいけれど、気楽なのもいい。

そうだ、とグレープフルーツを齧りながら振り返った。初めて焼き鳥屋に行ったときに、こういう店に一緒に来られるっていいな、としみじみ思ったのだ。家でほっこり鍋を突《つつ》くのも、温泉宿でしっとりするのも、いつだって等しく楽しかった。

中心街のターミナル近くのレンタルバイク店には、ぼろぼろになるまで乗り込んだバイクが並んでいた。

大丈夫かなあ、と思いつつもヘルメットを受け取る。ショートパンツから出た足で後ろにまたがると、椎名さんが別人のようにしっかりした声で
「走ってみて、速すぎたら言って。摑まるところは分かるか？」

と訊いた。うん、と答えて腰に手を回す。汗ばんだ背中とヘルメットの中の頭が熱い。

走り出したら意外と怖くなかった。適度な速度と振動が遊園地のアトラクションみたいで、きゃー、と声をあげながら熱風を受ける。どこまでも濃い緑の大自然と青い空が続いている。

「こっちかな。灯台のほうは」

道路から小道にそれると、鬱蒼とした細い道が続いた。足が草に引っかからないように気をつける。がたがたした道を、椎名さんは速度を上げたり落としたりしながら、器用に突き進んでいく。この人って本当に運転上手だな、と息を吐きながら、顔を上げた。

いつの間にか背の高さくらいあるサトウキビに囲まれて、私たちがここにいることを知るのは頭の上の太陽だけになっていた。

坂道を上がっていくと、バイクの速度が落ちてきた。何度もグリップをひねって押し上げるように進み、やっと駐車場に着くと、私は、はあ、と大きな息を吐いてヘルメットを取っ

た。太腿の内側が軽い筋肉痛みたいになっている。

「けっこう疲れただろう。大丈夫？」

と椎名さんが声をかけてきた。日に焼けた顔は心なし彫りが深く見える。

「ううん。椎名さんこそ大丈夫？」

「ひさしぶりだったから、面白かったよ。二人乗りなんて若いとき以来だし」

と言い合いながら、最後の階段を汗だくになって上った。

Tシャツも前髪もびしょ濡れになって、なんだかおかしくて笑っていたら、ぐんと高いところに出たので急に怖くなった。不安定な足場に気付いた椎名さんが手を差し出した。摑まりながら、白い花の咲き乱れる岬のてっぺんから海を見下ろした。

「すごい！」

海は気が遠くなるほどのグラデーションを帯びていた。波打ち際は見惚れるほどのコバルトブルーだった。

椎名さんとしばらく座り込んでいた。振り返れば、白い灯台が光を反射している。

バイク面白かった、と私は言った。

「これからも面白いことがたくさんあるね」

ふと、お土産なんていらないし受け取らないから、と突っぱねた母の電話の声が蘇る。

「知夏もあんなになっちゃうし、知世だっておそろしいことするし、どうして親が安心できないことばかりするの」

だけどお母さん、と海からの熱い風を受けながら、ぼんやりと考える。私は今こんなに幸せだよ。

いつか分かってもらえる、とはもう思わない。分かってもらえたらラッキーだけど、キリスト教と仏教を信じる人がそれぞれいるみたいに、それぞれに生きたらいいのだ。私たちは大人同士なのだから。

先日、知夏に駅前まで送ってもらったときのことが思い起こされた。

改札のところで、パーカーのポケットに両手を突っ込んだ知夏がこぼしたのだ。

「親だって別々の人間なのに、期待にはすべて応えなきゃいけないとか、思い通りにならなきゃいけないとか、今まで思ってたのって呪いみたいだった」

私はびっくりして、知夏の顔をまじまじと見た。その反応が気に入らなかったのか、彼女はふてくされたように押し黙ってから、思い出したように言った。

「あの団地を出たことって、初めて私が、まわりとか親のことを一個も考えないで決めたことだったんだ」

知夏はそう宣言すると、じゃあね、とおざなりに手を振った。私も手を振った。

近付きすぎたらちっとも上手くいかなくて、性格も合わないけど、やっぱり放っておけない妹にむかって。


夕方まで島をぐるりと観光してから、街に戻って来た。

バイクを返却すると
「夕飯の店の予約時間までちょっとあるな」

椎名さんが店内に掛かった時計を見た。せっかくなので、港まで散歩することになった。

市街地を離れると、広い道には歩いている人影もなく、公園のヤシの木の下で野良猫がごろごろしている。

港には大小の漁船が並んでいた。海人、とか、シーライオン、とか、それぞれ名前がついている。

「だっれもいないなあ」

と椎名さんがぐるんと見渡して呟く。

海面には西日が溶けかけていた。遠くの雲が分厚くて、全体的に茜色が滲む。防波堤に遮られて、波は静かだった。

景色が暗くなると同時に、海上保安庁の船に明かりがついた。どこか懐かしい色をしていた。つないだ椎名さんの手は暖かかった。

世界が暮れなずむ。なぜか、絶望みたいだ、と思った。なにも欠けたものがない。ゆるぎなく、無理もなく、満たされて、だけど私たちは確実にいつか死んでいく。それを自然と想像できるくらいに幸福だと気付き、希望とはなにか足りないときに抱くものなのだと悟った。

暖かな胸の中で、純度の高い絶望が揺れていた。この人と結婚するんだ、と思った。最後の迷いが波音に消えた。


島の食材を使ったイタリアンを堪能した私たちはすっかり満足して、店を出た。南の島の夜はどこまでも明るい。その足で近くのバーに立ち寄った。

風通しのいいバーのカウンターで椎名さんと並んで、泡盛とマンゴーのカクテルを飲んだ。店内には若いマスターが演奏する三線《さんしん》の音色とのびやかな歌声が響いていた。

拍手していたら、椎名さんが急に両手で顔を押さえた。

「どうしたの？」

と心配になって尋ねる。

うん、と彼は泣きたいような笑いたいような表情を作った。

「幸せだな、と思ってさ。二度とこんな時間は来ないと思ってたから。離婚したとき、本当はかなりきつかったんだ。だからこそ、もうこれで一生一人だって覚悟してたのに、本当に不思議だと思って」

「そんなこと言ったら、私だって美人なわけでもないし、とりたてて料理が上手とか家事ができるわけでもないし、ワーカホリックだとか言われてたし。結婚できるなんて考えてなかったよ」

「あいかわらず自分に厳しいな。知世は」

椎名さんは大人の顔に戻って、私をからかった。

少しだけ彼が黙ったので、迷ったけど、今しかないと思って

「石垣の夜のこと、思い出した？」

と尋ねてみた。

彼は静かな口調で、思い出さないってことはないけどね、と前置きしてから続けた。

「あの子は、今もう生きてるかも分からない。生きていたとして、幸福になっているかは分からないし、もし知ったら今になって罪の意識に苦しんでいるかもしれない。ものすごく正直に言うと、避妊しないでって言い出したのは向こうのほうなんだ。俺はもともとそこまでラフなほうじゃないけど、酔ってたのと、旅先で浮かれてたのもあるし、それはさておき、

だから……もしかしたら彼女は病気のことを知っていたのかもしれない。あの子が他人も自分も大事にしていなかったことの重みを、今なら理解できる。たぶん、本当に単純な話で、愛や幸福を知らなかったんだ。だから……自分の浅はかさを悔やむ気持ちはあるのに、なんでだろうな。恨むまではやっぱりいかないんだよ。ただ僕は、あの子の話をもっとちゃんと聞けばよかったんだ。今はそれだけを思うよ」

そう言い切った椎名さんの横顔を見て、この人は少し変わったと思った。

出会った頃はもっと色んなことに対して申し訳ないという気持ちが前に出ていて、なにに対しても引いていた。今はすべてを受け入れて、なんていうか、腰が据わった感じがした。

一人でだって生きられる。だけど二人が出会ったことで、お互いやまわりまで変えるほどの波がどこまでも広がって打ち寄せていくのだ。

ホテルに戻ると、いつものように椎名さんが薬を飲んでから、それぞれのベッドに潜り込んだ。東京で働いているときにはけっして味わえない、贅沢な熟睡だった。

遠ざかる意識を遮るように

「ねえ、お水こぼれた」

と小さな手が肩を叩いたので、私ははっとして書類から顔を上げた。

茜色に染まった室内には、ぬるい空気が立ち込めていた。振り向くと、髪を二つ結びにした娘がきょとんとしていた。

「ああ、ごめん。うとうとしてた」

「スカートもね、濡れちゃった」

娘は仏頂面でそう訴えた。

はいはい、と脱衣所からタオルを取ってきて、拭ってやる。娘は真剣な顔でじっと私の手元を見ている。

片付け終えると、夏も終わりだな、と思いながら窓を開けた。

風に乗ってつくつくぼうしの鳴き声がした。坂道の街路樹から潮騒のように押し寄せてくる。街の明かりが灯っていく。

「なにしてるの？」

娘が背伸びしながら尋ねた。綺麗だなって、と言いかけたとき、暗い坂道を上がってくる椎名さんを見つけた。両手にスーパーマーケットの袋を提げている。

パパーっ、と娘が大きな声を出すと、彼はこちらを仰ぎ見て笑った。

帰って来た椎名さんはカウンターキッチンにするりと入ると、食材を袋から順番に取り出した。

「今日の夕飯ってなんだっけ？」

「鶏肉とトマトのバジル煮込みだよ。あと、とうもろこしご飯と生姜の野菜スープにするかな」

「美味しそう」

と言いかけて、明日の朝一までの資料を作ってなかったことを思い出し、今夜は娘を寝かしつけてから徹夜だ、とため息をつく。椎名さんはノンアルコールビールを飲みながら料理を始めている。

「知世はビール飲む？」

「明日の資料作ってないから、寝るまで取っておく」

いつもえらいな、と椎名さんは笑った。

「椎名さんが家のことをやってくれるからだよ。小さい子がいても飯田ちゃんたちと普通に飲みに行く話をすると、みんなに驚かれるもん」

ママ遊ぼうよ、とまとわりつく娘に、はいはい、と答えてから
「さっきね、石垣島に行ったときの夢を見てた」

と言うと、椎名さんは、懐かしいな、と驚いたように笑った。

「あれは楽しかったなあ。三人になってからは近場の温泉ばっかりだから、また行きたい

な」

「来年くらいには行けるんじゃない。この子もオムツ取れるだろうし。どうせなら宇宙君とか知夏も誘おうか。子供連れだったら大勢のほうが楽だし」

いいね、と陽気な感じで椎名さんが頷く。少しだけ白くなった髪。だけどフットワークの軽さは健在だ。

「ママどこ行くの？」

南の島だよ、と教えてあげたら、幼い娘は首を傾げて、アンパンマンいるかなー、と歌うようにはしゃいで、くるくると回った。


はっとして起き上がると、カーテンが真っ青に染まっていた。朝の光を受けたハイビスカスが輝いている。

となりのベッドを見ると、椎名さんはまだ眠っていた。室内にはかすかな波音と彼の寝息だけが響いていた。

あまりに夢が鮮明だったので、しばらくどちらが現実か分からずに呆然としていた。

ふいに、どちらでもいいのかもしれない、と考える。数年前は今の自分なんて想像もしてなかったのだから。ましてや子供なんて、欲しいのかもまだ曖昧だし、作るにはやっぱり色々不安もある。未来は確実にやって来るけど、きっと予想もしていなかったことや叶わないことも多いだろう。

だけど、なんとかなるのだ、と思えるほどの現実感がさっきの夢にはあって、それは私と椎名さんの今までがあるからこそだと気付いた。

時計を見ると、まだ六時半だった。

朝食の時間までもう一眠りしよう、と思った。そして椎名さんとテーブルを挟んで、さっきの夢の話をしよう。

私は少しだけわくわくしながら、清潔な枕に頭を預けた。

あとがき

ひさしぶりのあとがきです。

最初は長編になるとは思っていませんでした。

「BIRD」という雑誌から、お菓子にまつわる掌編をお願いします、という依頼を受けて書いたのが「蟹と、苺と金色の月」でした。

そのときに、知世と椎名さんの組み合わせはなんだかいいな、と思い、これっきりで終わらせてしまうのは惜しいと感じたのが、始まりでした。

誰かと楽しく食事をすること、旅をすること。どちらも意外とハードルの高い行為だと、個人的には思います。

自分と他者は違う人間だということ。それを認めた上で、受け入れたり、時には主張しながら、協調していくこと。

食と旅には究極、そんな側面があるように感じます。

いくつもの食や旅を通して、他者や自分自身を発見していく過程を描きたかったのが、この『わたしたちは銀のフォークと薬を手にして』という小説でした。

まったくの赤の他人と、共に生きることは難しいです。

それでも人と人が出会うのは、やっぱり素晴らしいことだと思います。

思いがけず救われる言葉。自分一人では得られなかった価値観。見慣れていたはずの風景が変わるとき。

そんな美しい瞬間が見たくて、小説を書いていくのだと思います。

本書を手に取ってくださって、本当にありがとうございます。

また次回、全然違う物語で会いましょう。

2017年5月18日

島本理生

文庫版あとがき

年齢を重ねるにつれて、「当たり前」と言われていることが実は全然そんなことなくて、それぞれ選び取るものも違っていて自然なのだ、と実感するようになりました。

結婚したい人、したくない人。恋愛する人、しない人。家族を大事にする人、身内とは決別する道を選ぶ人。

食べることや旅だって、まったく興味ない人もいれば、一人旅はいいけど他人とずっと行動するのは恋人でも無理、という人や、一人で外食は考えられない、という人もいる。

でも、あまりに当たり前に縛られすぎていると、自分はどうしたいのか、どういう人間なのかを考える機会も与えられないまま大人になっていたりします。その価値観が、愛情や心配といった善意から生まれたものなら、なおさらです。

小説の登場人物たちは、椎名さんの病気と知世の選択によって、人生とは有限で、でも選択して生きていけるものだと気付く。

その景色は、私が大人になって、どんなに気が合う人でも、それぞれの生き方があるのだという実感から得たものでもあります。

それは少し寂しいときもあるけれど、「当たり前」ではなく自分自身に向き合おうとする人たちのおかげで、私もまた私のまま自由でいられるのだとも思うのです。

たくさんの優しいしがらみから少し解き放たれるために、小説がこの先も存在していけたらいいなと思います。

この小説に関わってくださった方たちに、あらためて、感謝の気持ちを伝えたいです。

そして読んでくださった読者の皆様、ありがとうございます。

また新しい小説で試行錯誤します。

2020年3月9日

島本理生

解説

玉城ティナ

おいしいご飯が食べたくなって、おいしいお酒が飲みたくなった。誰かとしあわせ、と言い合いながら。

ヒールを履いているときも、フラットシューズでも。焼き鳥屋でもフレンチレストランでも。

数時間を、心地いい距離感で共有できる人。これは私の絶対譲れない好きになる人の条件だ。それ以外は、何もいらないくらいに。

普段、余計な事ばかりを考えて、私たちは生きている。正直、何もかも捨てて、逃げだしたくなる夜もあるけれど。でも芯のどこかで、捨てたって何も変わらないんじゃない？　という声が響くのを感じながらどうにか重い足を、一歩ずつ前へ進めていく。明日へ向かっていく。

有君が言っていた、『善処します』という一言。

物事をうまく処理する事や、状況に応じて適正な対処をする事。

そんなの、働く大人は不安はあっても顔に出さずに善処しまくりだ。というか、物心ついた人間はなるべく善処したいと思って生きていくはずで。そんな私たちが、しようと思ってもつい善処できず、慌てて、我を失ってしまうもの。

それがきっと、恋だ。

読み進める度に恋が、溢れてきて止まらなくて。何度も、一旦自分に戻って涙を拭わなきゃいけなかった。私は、器用な方では無いので心のタンクの許容量を超えると、感情が出口を求めて行動にしてしまう。涙がしゃべりたがる。嬉しい、寂しいなどという単純な言葉ではなく。自分だけではどうにもできなくなってしまう。そのくらい言葉の隙間から知世の感情が、毎日が、輝きだけではなくとも眩しかった。耐えられなかった。

一生懸命恋をしているあなたは、誰よりも脆《もろ》いはずなのにきちんと両足で立とうとしている。そんな人をぎゅっと、抱きしめてあげたくなった。と同時に私も誰かに抱きしめて欲しかったのかもしれない。

書かれている事は、誰にでも寄り添っていて、わかりやすく見えるかもしれないけれど、私にはとても難しい問題を抱えているように見えた。

私たち一人一人の生活、一日、こそがとてもヒリヒリしていて一番大事な物語。特別じゃないわけがない。重要だからこそ、皆全ての選択に悩んでいる。今を忘れて未来なんか見てはいけない。本当は気づいているはずだ。今、はとても小さな粒かもしれないけれど、それをどれだけ磨くか、誇りを持って過ごすか。その全ての選択を、あなた自身の日々はあなたが舵を取るべきだと、物語に現れる皆が理解している、押し付けではなく、私たちに示してくれる、そんな言葉ばかりで。

ねえ、私たちは恋をして何を得ようとしているのだろう。その答えが出てしまったら、もう人類は恋をやめてしまうのだろうか。

はじまってしまえば一直線で、先にあるのが、行き止まりだとしても。そうわかっていても、恋を止められない。なんだか悔しくて、鼻の奥がツンとしてしまう。孤独というのは二人でいても、そこにい続けるのに。わかっていても形にして、安心したフリをしてしまう。

でも、最終的に一人であるかどうかはどうでもいい。人生でそういう感覚を共有する相手がいたか、一人では鍵がある事すら気づかなかった心の中にすっぽり入り込める人がいたんだという驚きや発見。知らない自分に出会える高揚感。その有無でどうしても振り返ったときの彩りは変わってしまうでしょう。私はできるだけ沢山《たくさん》の色を使って、自分の人生を描きたい。そんなに大切な事をどうしておざなりにできるのだろうか。

現代で、この物語はその事に改めて気づくという作業をさせてくれた。女性は、強い。当たり前だ。でも強がる必要はない。ゆるゆる、と許されている時間があってもいい。あるべきだ、と。だから自分で決めた相手に持病があろうと、恋の前では小さな埃《ほこり》のようなものだ、と私は思う。心臓が、どうしたって言う事を聞かないくらい暴れてしまう、あの感覚が得られるなら。

恋というのはやはり残酷なものだ。否応なしに身体《からだ》が、反応しちゃうから。抗えない。終わりも始まりも唐突な恋を、心から楽しめる大人になりたいなと、そんな決心をした。

——女優

この作品は二〇一七年六月小社より刊行されたものです。

わたしたちは銀《ぎん》のフォークと薬《くすり》を手《て》にして

島本理生《しまもとりお》

令和2年4月10日　初版発行
令和4年3月25日　8版発行

発行人――石原正康
編集人――高部真人
発行所――株式会社幻冬舎
〒151-0051東京都渋谷区千駄ヶ谷4-9-7
電話　03(5411)6222(営業)
　　　03(5411)6211(編集)
　　振替00120-8-767643
印刷・製本―中央精版印刷株式会社
装丁者――高橋雅之

幻冬舎文庫

ISBN978-4-344-42966-6　C0193　　し-33-3

幻冬舎ホームページアドレス　https://www.gentosha.co.jp/
この本に関するご意見・ご感想をメールでお寄せいただく場合は、
comment@gentosha.co.jpまで。